# 晚清官場見聞

《春明夢錄》與《客座偶談》

# 何剛德和《春明夢錄》、《客座偶談》

蔡登山

何剛德（1855-1936），字肖雅，號平齋，福建閩縣（今福州市區）人。光緒二年（1876）丙子舉人，光緒三年（1877）丁丑進士；光緒三年五月，分部學習，歷任吏部主事，江西吉安、建昌、南昌知府。光緒三十年（1904）由江西撫州移知蘇州的，任江蘇蘇州知府期間，組建員警隊伍，維護社會治安，成為蘇州員警創始人。辛亥革命後，他以前清遺老的身分退隱。民國三年（1914）三月，他應北洋政府的請求，署江西內務司司長。同年六月，任江西省豫章道道尹，曾護理江西省長。李定夷的《民國趣史》中云：「江西豫章道尹何剛德，於民國四年一月三十一號，為六旬大慶。早由政務廳長陳嘉善、高等審判廳長朱獻文及道署人員發起祝壽聯屏，以致一般屬僚，聞信紛往。簽名附份者，頗不乏人。何以恐遭物議，不願舉動。是日黎明時，即乘肩輿赴南新兩縣粥廠巡視，藉以躲避。似此以觀，尚屬廉吏也。」

民國十一年（1922）後，因受排擠而稱病辭職，寓居上海，潛心著述。撰有《春明夢錄》、《郡齋影事》、《江西贅語》、《客座偶談》、《家園舊話》等，後結集為《平齋家言》刊行。

所記宮廷掌故、名人軼事、清代與民初史事，多為其親身經歷，頗有史料價值。另著有《話夢集》等。

何剛德在《春明夢錄》中說：「舉凡世事之推遷，人情之變幻，語焉殊未及詳。回憶七十年來，身世所經歷，耳目所接觸，幾如雲煙過眼，渺然而無可捉拿。夜窗默坐，影事上心，偶得一鱗半爪，輒瑣瑣記之，留示家人。自丁巳迄去秋，裒然成帙。退居無事，略加編次，分為《春明夢錄》《郡齋影事》《西江贅語》《客座偶談》、《家園舊話》五種……」這些書記錄其親身經歷，史料價值頗高。

何剛德親自參與過清朝科舉考試，後來並擔任監考和改卷，深知其中的種種內幕。據何德剛回憶，如果是地方考秀才，試卷不算多，閱卷量不大，因此公正性和客觀性比較有保障。但如果是全省規模的鄉試則不然，《春明夢錄》云：「若鄉會試則不然，試卷黑格朱書，本已目迷五色；時間既逼，卷帙又多，一人精神，一日看數十藝，已屬神昏目眩，況三場十四藝。以十餘日工夫，每人須看數百卷」，閱卷量陡然增多，而閱卷的官員數量未見增多，於是，在閱卷疲勞的效應下，錄取的偶然性就增大了。有位總考官，懶得細看試卷，於是將試卷呈圓形擺開，中間放一鼻煙壺，然後轉動鼻煙盒。鼻煙壺的頭部對準哪張試卷，那就是誰走運。

很多的時候，考官們忙不過來，居然讓家裡的傭人參與改卷，人多手雜，自然烏龍事件鬧不停。某年，有個落第的考生，設法弄得了自己的考卷，居然發現考卷赫然貼著一張購物便條：

「火腿一支。」考生氣憤不過，拿著那張貼了「火腿」字樣的試卷去找考官理論，考官惶恐不已，慌忙解釋：「哥們，不好意思，是我叫傭人去考試供應處索要火腿，寫了張便條，結果忙亂中被傭人貼您試卷上了。」

《春明夢錄》記載，某一年殿試，改卷老師都是朝廷大官吏：吏部尚書和戶部尚書。吏部尚書改卷在前，他取了一名考生為狀元；戶部尚書改卷稍後，他也看中了一位元考生的文字，也要取其為狀元。兩個尚書在改卷現場吵起來，最後達成協議，以戶部尚書看中的考生為狀元，然而有一個技術障礙不好處理：吏部尚書定好的狀元的大名已經貼在辦公室裡，不好清除。大家正為難間，有個尚書挺身而出，走到牆壁邊，從袖子裡拿出一把神奇的小刮刀，刷刷刷，果然好刀法，將原來的名字刮掉了。

當然，以上例子並不能推翻古代科舉考試的公正性和科學性，然而，事物皆有多元的一面，這些應該比較真實的故事，也能讓嚴肅的歷史有著滑稽搞笑的一面，讀來可增樂趣，也可警醒辦事人要認真負責，尤其是決定別人命運的事情。

《春明夢錄》記載了何剛德謁見恭親王奕訢時的一段經歷：「見面行禮不還，然卻送茶坐炕，請升朝珠，甚為客氣。敘談頗久，人甚明亮。惟送客不出房門。」給人的印象是，恭親王與部下總要保持一定距離，以維護王爺的尊貴身分。但與老友共事，卻流露出很濃的人情味。何剛德的座師（考進士時的主考官）軍機大臣寶鋆，是恭王的老部下。兩人在軍機處共事多年，一榮俱榮，一損俱損。光緒十年（1884），同遭罷斥。寶鋆死後，奉詔入祀京師賢良祠。他的神主進入賢良祠之日，奕訢在儀式舉行前先往閱視祭器、祭品，以表示對寶鋆的深情和悼念。但是當正式典禮開始，他卻消失了蹤影。何剛德不明就裡，詢問身邊的滿人，回答說：「皇子於廷臣，不能行跪拜禮，其來也重交情，其去也重體制。」這就是奕訢，既要遵守體制，又不忘老友真情。

何剛德曾經在京師十九年，擔任清廷的京官，在吏部任職。他在其筆記《春明夢錄》卷下中，有一節關於銀庫管理的記載。銀庫管庫大臣不是專職，而是由戶部侍郎兼任。管庫大臣之下，設有管庫郎中。管庫郎中之下，有庫書數人。還配有庫兵十二人。按照銀庫管理的慣例，庫書是不能進入銀庫的。只有庫兵才可以進入銀庫。各省押解餉銀到京師銀庫，每一萬兩銀子，必須給付解費六十兩。這六十兩解費，是孝敬庫書和庫兵的。至於庫書和庫兵怎麼分配解費，事涉隱密，一般人無從知曉。銀庫有嚴格的管理制度和防範措施，庫兵在進入銀庫的庫門時，即使是嚴寒冰冷的冬天，他們也必須脫掉衣服、褲子。銀庫之中，專門備有庫兵進庫之後穿著的衣褲。出庫之前，要把銀庫備用的衣褲脫掉，才能出來。走出銀庫時，銀庫門口擺放有板凳一條，庫兵必須從板凳上跨越過來，才能出門。這樣做，是為了表示庫兵的兩腿之間沒有夾帶銀子。跨過板凳之後，庫兵還要兩隻手向上，兩掌拍擊，同時，口中要呼叫「出來」二字。這樣的動作，就是要表明庫兵的兩隻胳膊之下沒有挾藏銀子，他們的口中也沒有含吞銀子。但是據說，庫兵會用穀道（肛門）暗藏銀子，偷竊而出。庫兵會想方設法把豬網油帶進銀庫。會用豬網油把圓錠的銀子捲好，然後放入轂道。一般，一次可放銀八十兩。

《客座偶談》之作，意在補前書之缺漏。主要記載清代的典章制度、名人軼事、社會風俗等，尤以記述清代典制為詳，涉及宮制、軍制、學校、科舉、財政等各個方面。如對官員俸祿、養廉銀及軍費開支的記載及評論就很有參考價值。此外，對近代史上的一些重要人物如林則徐、曾國藩、左宗棠、張佩綸等的言行亦有記述。由於書中所記多為作者親身經歷，故史料價值頗高。

例如何剛德在《客座偶談》談到清朝京官俸給微薄：正一品大學士，春秋二季季俸各一百八十兩，一年三百六十兩，每月合三十兩，遞減而已。於七品翰林院，每季只四十五兩，每月不及八兩。但外官另有「養廉」，如邊省督撫年支二萬，其餘大小省均在二萬兩以下，一萬兩以上，藩臬一萬兩，知府三千兩，知縣一千二百兩，等等。

清末，滿清王朝一方面需要支付巨額的開支，一方面又要應付數額巨大的戰爭賠款，尤其是在甲午戰爭之後，清廷的財政狀況每況愈下。而鴉片戰爭爆發以後，軍費、賠款立刻使清朝財政陷入危機之中。何剛德在《客座偶談》中說，「戶部之庫，余在京時奉派隨同查過四次，出入互有盈絀，盈時不過千一百萬以外，縮時亦不過九百萬以內。……計部省各庫，計算不過三千萬，視乾隆時部庫尚存七千萬者，殆已不及，中國可謂貧矣。」乾隆年間最繁盛時，僅部庫即有七千萬兩的盈餘，但在嘉慶、道光、咸豐三朝不過五十年餘即被白蓮教、太平軍等亂事消耗一空。直

# 目次

卷下

## 《客座偶談》

卷二

# 《春明夢錄》

# 序言

余曩有課孫草之作，意雖不專屬課孫，而究限於範圍。舉凡世事之推遷，人情之變幻，語焉殊未及詳。回憶七十年來，身世所經歷，耳目所接觸，幾如雲煙過眼，渺然而無可捉拿。夜窗默坐，影事上心，偶得一鱗半爪，輒瑣瑣記之，留示家人。自丁巳迄去秋，裒然成帙。退居無事，略加編次，分為《春明夢錄》、《郡齋影事》、《西江贅語》、《客座偶談》、《家園舊話》五種。錄而存之，祇自成為一家言，本不足為外人道也。嗣友人以《春明》一錄，可以存掌故而補遺佚，慫恿付梓。因復加刊削，屬諸手民。非敢言問世也，亦藉以志世變已耳。壬戌冬日，平齋識。

# 卷上

京師為首善之區，鍾虡所在，觀聽肅焉。時值承平，紀綱未弛，大臣老成持重，盡有正色立朝之風；百僚庶司，不失同寅協恭之雅。即朋簪投洽，亦每以道義相規；文酒過從，依然風流儒雅。人言朋友之樂無如京師，蓋於飲食酬酢外獨得真趣也。余於丁丑觀政銓曹，躬逢其盛，固不以長安為不易居也。不數年，法越構釁，黨派漸歧，乃激成甲午中東之戰。戰後余即出京，然其時風氣稍移，而大防尚未潰決也。詎知黨禍萌芽，潛滋暗長，戊戌政變，庚子拳亂，相逼而起。洎丙午重復到京，世事已大異昔時矣。回首春明，重溫舊夢，不禁百端交集已。

## 會試諸師

余以丁丑會試成進士。房考為翰林院編修廣東呂冕士師（紹端），座師為大學士吉林寶文靖師（鋆），號佩蘅，吏部尚書河南毛文達師（昶熙），號旭初，禮部侍郎浙江錢湘吟師（寶廉），閣學宗室昆文恪師（岡），號筱峰。呂師、毛師於余戊寅回京時，即不及見。閱數年，錢師亦終於吏部侍郎任內。照例賜祭，余在其教場五條胡同寓所，見世兄干臣總揆（能訓）出迎天使，時方數齡也。寶師、昆師則相從最久焉。

## 鄉試諸師

余鄉榜中式，係在丙子恩科。房考為陝西時銘三師（永新），主考為錢塘孫子授侍郎師（詒經），副考為無錫王莘鋤比部師（縡）。時師後以引見到京，目力極差，余適在部，為之加意照料。事妥出京，旋即作古。王師文名甚盛，門下尤多知名。丁丑夏間，丁憂回籍，亦旋即去世。孫師即慕韓總揆之尊人，在戶部侍郎任內，因懲辦部吏史松泉事，為同官所擠，退出毓慶宮，留侍郎本任，意殊不懌，不久亦終於位。師講理學，待人仁厚，光霽可親。慕韓與其弟慕蘧二難競爽，知其發跡之有自來也。

## 童子試師

余五應童子試。乙亥歲，始受知於閣學廣東馮展雲師（譽驥），師書法名重一時，衡文重手法，其規矩較路閏生之仁在堂為精。師在京時，僅謁晤兩次，風裁清峻，面瘦而鬚稀，頗與李太白畫像相似。旋任陝撫，不數時即被議免職，然無大過也。

## 吏部四司的職掌

余榜下到吏部，分考功司兼驗封司行走。吏部分文選、考功、稽勳、驗封四司。文選司掌文官銓選；考功司掌文官議處，而京察大計亦屬焉；稽勳司掌文官丁憂更名；驗封司掌文官封典及恤典。四司之中，以文選、考功為兩大司，選不兼功，功不兼選；其餘勳、封兩司，隨便可兼也。每屆京察，吏部一等六員，而漢人居其二，循例以文選、考功兩掌印得之。掌印例用實缺郎中員外郎。

余到部十一年未補主事，即代理司務廳及驗封司掌印。光緒十七年，補文選司主事，升考功司員外，實授驗封司掌印。十九年，升驗封司郎中，調充考功司掌印。計自榜後告假，即於戊寅秋銷假，迨甲午春得一等實歷，俸十七年中無一日間斷。然視他部之淹滯至二十餘年者，已為優勝矣。

## 被召見前後四次

余官京師時，召見三次，皆在乾清宮。時德宗正親政也。第一次因京察一等記名。見時只問籍貫履歷，無多語。第二次因郎中俸滿截取。見時問在何司當差，對曰：「在考功司掌印。」又問：「考功司有幾案未覆奏？」對曰：「只有廣東南海縣潘泰謙議處一案；不日即當覆奏。」問：「潘泰謙議何處分？」對曰：「革職處分。」問：「何以須革職？」對曰：「此次參案，外頭俱已洗刷乾淨，摺尾以才具平庸四字奏結。部例無才具平庸作何議處專條，惟查佐雜人員俸滿甄別例，凡才具平庸者俱斥革。佐雜才具平庸，尚應斥革，知縣為正印官，如果才具平庸，自難輕減。擬即比例議處。」隨後即略問數語而退。第三次因簡放建昌府謝恩。見時先問籍貫履歷，後問在何衙門當差，隨問隨對，對畢便言：「汝去江西，好好安養百姓。」遂點頭而退。

迨服滿進京，簡放蘇州遺缺府，則孝欽太后重複臨朝。謝恩時在頤和園，召見在宮。見時，御座在宮之西間屋南窗炕上，向北。在園時，御座則在殿廳屋東壁，向西。孝欽太后與德宗同坐一炕，太后偏南，皇上偏北。行禮畢，趨案之西北隅，側向太后跪。隔數分鐘，喘息稍定，始發問，蓋宮廷體恤之意然也。開首問籍貫，後問福建民教情形，又問礦務能否發達，旋又問在江西幾年，江西各府情形如何；並追問當日拳亂，地方如何被擾，後來如何結束？滔滔數百言，俱一一奏對畢，旋嘆息言曰：「中國自海禁大開，交涉時常棘手。庚子之役，予誤聽人言，弄成今日局面，後悔無及。但當時大家競言排外，鬧出亂來，今則一味媚外，又未免太過了。時事艱難極矣！全賴大小臣工苦心對付，無過不及，才能挽此危局。江蘇地方事也不是好辦的，予看汝在外多年，事理亦很明白，好好去做便是。」又言：「皇帝有話說否？」德宗只說：「汝可下去。」遂退出。余先後召對四次，經歷情形如此。在京時，便微聞兩宮有隔閡之說。到蘇後，謠言日益歧，更有軒輊已甚之語。今者玉步已改，無可忌諱，而吾身親見之事，盡有可資印證者。敘其大略如右，不敢贅一辭也。

## 寶鋆出軍機

咸豐之末，文宗出狩熱河。時端華、肅順竊政柄，欲輦京倉米輸熱。寶師適貳戶部，以根本不宜搖動，力持不可。得旨寶某著即處斬。嗣文宗賓天，兩宮太后垂簾聽政，乃改以五品銜署戶部侍郎。旋即大用，與恭忠親王、文文忠公（祥）同心夾輔，蔚成中興，不得謂非一時之盛也。洎甲申越南之役，朝士以樞臣失職，交章彈劾，遂以禮親王出代恭邸，而寶師遂與同直諸公同時出軍機矣。

## 寶鋆論崇禮其人

寶師嘗告余曰：「汝同鄉陳伯潛參崇禮曰：『識字無多，習氣甚重。』謂不應任以禮部尚書也。渠特未知崇禮來歷耳。當洋兵之毀圓明園也，兩宮以列祖列宗聖容為重，有旨命我往視。及到園，滿地灰燼，村無居人。時崇禮以奉宸苑苑丞獨守官舍，我詢以洋兵蹤跡及連日蹂躪情形，相對而泣。旋告以來意，假以從騎，同往各處尋覓。二人奔馳十餘里，見聖容散佚地上，殘破不堪，驚惶無措，崇禮乃泣言曰：『聖容毀壞至此，即檢拾亦不能全。若舉以覆命，不特徒增國恥，且益傷聖心。以苑丞愚見，不如歸之火化，較為得體。』我以其言甚中肯，乃囑其尋覓稻草舉火，跪地位而焚之。歸以遍尋不見覆奏。自是我甚重其人，遂由苑丞漸漸升到郎中。二十餘年，循資按格，得一尚書，似不為過。今謂其識字無多，苑丞何能與太史公比？但事理之明白與否，自又當別論也。」

## 軍機賞黃馬褂

寶師出軍機。逾數時，兩宮謁陵歸，軍機大臣五人，各賞穿黃馬褂。次日，師告余曰：「昨日上諭看見否？汝以為何如？」余曰：「未免太濫。」師曰：「蘭州克復之日，捷報至，穆宗召見軍機，各賞穿黃馬褂。是日恭邸請假，我領班見，辭曰：『黃馬褂，所以賞戰功也；軍機大臣只是承旨書諭耳，何敢冒賞！』穆宗曰：『蘭州克復，算是十八省一律肅清，我實在歡喜。軍機不為無功，汝不必客氣。』固辭不獲，乃奏曰：『奕訢（恭王名）今日未上來，俟他明日上來再定。』卒未奉詔。次日，恭邸銷假，遂將此事化去。他們隨扈謁陵，僅往返數日耳，膺此懋賞，未免太便宜了。」師此言雖不免有牢騷意，然亦足見先後進固不相及也。

## 與英使議和備受屈辱

洋兵毀圓明園後，英使巴夏禮入京議和，在禮部設宴。寶師時為軍機，躬與其役。余見其與醇邸唱和感舊，詩中有「劍戟如林免胄趨」一語，可見城下乞盟，備受屈辱。證以當日譯署照會，肆意謾罵，其狼狽情形，可想而知。余閱詩後，略詢究竟，師笑而不答，旋以謔語了之。

## 寶鋆最重年誼

寶師休致後，醇邸遇有大政，必相詢問，時時饋送食物。有一日，送蜜桃及西山毛菰兩種。余適在座，寶師分一半相贈。毛菰形大如靈芝，煮而食之，味葷如鮑魚，遍求諸都市，不能再得也。寶師係丁酉拔貢，余認為年伯。師最重年誼，故待余為尤厚。退休後，余時常往候，月必數至。慨談時局，追尋往事，余心領意會，所得殊多。師家居八年，疾革並不甚劇。易簀時，紅光滿面，洵善終也。

## 樞臣見面多雜以詼語

寶師一日將散值時，先往出恭。恭王待之久，及見面，嘲之曰：「往何處撇寶去？」（撇寶二字，京中詼語也）。師曰：「那裡，是出恭。」恭與寶二字，針鋒相對也。又一日，恭邸自太廟出，指廟碑下贔〈屭〉，謂寶師曰：「汝看這個寶貝。」師號佩蘅，「貝、佩」二字，音相似也。師應之曰：「這也是龍生九子之一。」此可謂善戲謔矣。蓋當時樞臣見面閒談，多雜以詼語，意恐一涉正事，轉致漏洩機要，殆古人不言溫室樹意歟。

## 寶鋆評價恭親王

清室諸王，以恭邸為最賢明。雖平日有好貨之名，然必滿員之得優缺，及漢員由軍機章京外放者饋送，始有收受，聞其界限極為分明。余嘗對寶師稱道其人，師曰：「恭邸聰明，卻不可及；但生於深宮之中，長於阿保之手，民間疾苦究未能周知。事遇疑難時，還是我們幾個人代為主持也。」此等微詞，特於深談時偶一及之，不能多得也。

## 恭親王送客不出房門

恭邸儀表甚偉，頗有隆準之意。余素未與周旋。簡建昌時，渠適在軍機，例應往謁。見面行禮不還，然卻送茶坐炕，請升朝珠，甚為客氣。敘談頗久，人甚明亮，惟送客不出房門耳。聞後來攝政王初入軍機時，見客便坐獨炕矣。

## 清流派氣衰

光緒初年，翰林漸擁擠，而簡放學政試差，軍機大臣偏重門生，不無可議。而懷才不遇者積不能平，遂因法越開釁，歸罪樞臣，交章指斥朝政，人目為之清流。寶師嘗對余言：「天下事言易行難，局外不知局中之苦，徒挾其虛憍之氣，苛以責人，於事何益？」然清流後亦陸續放差，似有美珠箝口之意，旁觀多竊議之。究其彈劾貪佞，淘汰衰庸，多稱人意，不得謂清流之不勝濁流也。

嗣後法事愈亟，乃簡弢老為南洋會辦，吳清卿為北洋會辦，張幼樵會辦福建軍務，意謂坐言者必使之起而行也。誰知用違其才，其何能淑？南洋有曾忠襄（國荃），北洋有李文忠，不受牽制，賴以維持。而福建何小？宋制軍（璟）𩲡力薄弱，遇事推讓，遂至馬江一戰，全軍殲焉，張被劾落職。廣西兵敗，弢老因前保唐炯、徐延旭二人，照濫保匪人例，降五級調用，而清流之氣衰矣。

## 李鴻藻、恭親王與清流

清流之起也，或云李文正與同直意見不合，恭邸不無左右袒，勢孤無援，清流從而贊助之。雖未顯露水火痕跡，而恭邸則以勳舊懿親，卒因之罷退，不得謂非清流戰勝也。

## 恭親王被罷軍機大臣

恭邸之出軍機也，先朝派往東陵，恭代清明節祭典，此差本閒散王公之事，特派恭邸，大家即疑其有異。旋孝欽太后召見醇邸，議於九公主府，擬定上諭，貶斥樞臣，而以禮親王（世鐸）代恭邸領班。軍國大事，醇邸一同參預，長白額小山尚書（勒和布）、朝邑閻文介（敬銘）、南皮張文達（之萬）、濟寧孫文恪（毓汶），遂入直焉。孫時為侍郎，上諭之稿，即其所擬也。恭邸未回京，忽然發表，耳目一新，不可謂非孝欽太后之果決也。恭邸退居十年，直至中東戰後，始復入軍機，蓋元氣已大傷矣。余出京不數年，而恭邸薨逝。戊戌政變，庚子拳亂，皆未與其事，不得謂非以令名終也。

## 恭親王重交情

恭邸與寶師同患難而贊成中興，後亦同日被譴，交情自屬較厚。寶師薨，詔入祀京師賢良祠，誠異數也。進主之日，余獲觀盛典。主未入祠時，恭邸即先往看視祭器祭品，示厚意也。未行禮而遂不見，余怪問滿人，則對曰：「皇子於廷臣，不能行跪拜禮。」其來也重交情，其去也重體制，蓋兩得其道焉。

## 醇親王儉德殊不可及

醇王舊邸，即德宗誕生之地，例名為潛邸。醇王薨，以其邸改為醇賢王廟，猶世宗潛邸，今改為雍和宮也。余時派往查估工程，見其房屋兩廊自曬煤丸，鋪滿於地，儉德殊不可及。後來親貴非常驕奢，不數年便覆敗。可見祖宗世業，守之難而失之易也。

## 慈安太后殯禮

孝貞太后大事出殯之日，余入東華門觀禮，前導無甚排場，鑾輿衛傘扇之外，只見捧香爐者或十人或二十人為一隊，分隊前行。中夾以衣架臉盆架，錯雜其中。其餘金銀錁紙紮等等，陸續而至，與尋常民間出大殯者無異，但品制不同耳。須臾，見梓宮自景運門出，而上槓與尋常棺槨亦無大異，惟和頭作文點式，遠望似黃色繡罩。

正在趨前審視間，忽聞有一人喝「站住」一聲，諦視之，則恭邸也。而德宗即隨之而至，頭戴白草笠，穿白袍青布靴。其時隨從及觀禮者幾千百人，一切縞衣，上下無能區別。惟聞皇上縞素，靴用青布，王公親支稍殺之，餘皆不能用布。此所以示別也。梓宮出城暫安，殯宮名曰暫安殿，派王公輪班上祭，定期下葬，則謂之曰永遠奉安。當日體制何等隆重！戊申兩宮崩逝，余在蘇州，即不及見。而德宗因崇陵工程未竟，辛亥後始行奉安。聞當時梓宮由火車行，則往事不堪回首矣。

## 慈禧太后功過均有

咸豐辛酉，洋兵燒毀圓明園，京師震動。文宗在熱河崩逝。時孝欽太后方二十八歲也，端華、肅順意存不軌，醇邸奉懿旨捕肅順於客邸。天時極早，屋門尚閉，醇邸捶門呼曰：「有旨意！」內即應曰：「若是母旨意，我卻不受！」乃破扉入，擒而治之。於是梓宮回京，穆宗遂承大統，兩宮垂簾聽政。此雖恭邸與諸王大臣翊贊之力，然遇事皆取懿旨進止，不得謂毫無主持也。

但孝欽太后精明雖勝於孝貞太后，而甫經聽政，諸事究未嫻熟，故當曾文正功成入覲之日，召對問答，不過敷衍數語而已。文正集中所載，自非虛語。嗣後歷四十餘年之世變，備嘗艱險，體悉下情。余在寶師處熟聞。其召對情形，早有所知，故余甲午放蘇州時，召見侃侃而談。其英明處，不能不令人欽服。惟平日在宮中馭下過嚴，且性喜遊觀。如重修頤和園一事，寶師談次，亦頗有微詞。且自西幸迴鑾後，因宮中舊物半多散失，不免喜受貢獻，雖係晚景無聊，究不免盛德之累。然其四十餘年，支持危局之功，不能以一二事掩也。

## 滿人重女輕婦

德宗大婚之次年，孝欽太后率宮眷赴東陵祭掃，仍名曰「打圍」，蓋清以騎射得天下，不忘用武意也。吏部例應隨扈，而余從焉。京距陵二百四十里，沿途劃平民田，築成御道，遇水成橋，其平如砥。而另有便道便橋，則供隨扈者往來。每日兩尖站一宿站，到處舊有行宮，規模具備。而隨扈者每站必須先行，以備站班接駕。百姓遮道跪迎，若站班則不必跪。駕之將至，必有一騎口呼「二里」二字，謂駕距此只二里也。呼「二里」後，大家必須在帳棚前鵠立迎候；駕過後，即須拔棚先走。其下站迎候之例亦如之。在路上，只住帳棚，皆席麥地而寢。到陵後，各覓一土屋歇宿；若無土屋，則仍住帳棚。陵之行宮在山上，宮牆外人持一燈，密如繁星。宮外距里許，則營棚繚繞。緣山上下約數里，其明如畫，洵大觀也。

駐陵兩日，禮畢即還京。沿途宮女買花籃及食物，與尋常婦女出遊毫無所異。車駕來往，任人縱觀。不設警蹕，與尋常大官出門亦無以異。古稱翠華巡幸，不知何等鄭重，其實親歷其境，所見度不過如是也。陵在直隸地面，而以直隸總督為地方官，猶督撫出巡，而以州縣辦差也。故謁陵先期，直督必到京請駕，沿途隨行，沿站迎接。猶憶到陵之日，聖駕未到，李文忠即至宮門口候迎，立在宮門近處，伯親王（彥訥謨詁）竟以手麾之使下，意謂此係王公站立之所，非地方官所得僭也，文忠即逡巡而退，規矩何等嚴肅。及德宗車到，駕轅一騾，高與人齊，為生平所未見。余從旁觀之，口占一詩云：「上相長身（文忠身極高，余並不矮，然與之並立，才及其肩耳。）請駕來，驊騮道路一鞭開。人中稱傑馬稱駿，等是天家首選才。」蓋紀實也。駕到後，大家一鬨而散，文忠亦乘輿返寓。隆裕皇后後至，文忠路與之遇，並不下輿。余怪問溥倬雲是何道理，倬雲曰：「臣妾一體。皇后特妾耳，大臣無避道之禮。」殆亦滿州重女輕婦之故歟。

## 太監漸有招權納賄之風

清廷家法，馭太監極嚴，稍有劣跡，即予杖斃。德宗親政時，喜用一太監，文姓，係直隸秀才。面目清秀，而氣焰頗盛，日捧摺盒，進出軍機處。余進內時，常遇見之。乃不兩月，為慈宮所知，立即擯斥，或云其斃於杖下。都下盛傳李蓮英即皮小李，為孝欽太后所信用。醇邸巡視北洋，派往伺候，人即以監軍目之。然余自充掌印後，因公事出入宮門，月必數日，七八年間，未曾見其一面。大概內府滿員知其為慈宮所喜，與之聯絡，漸起招搖，事所不免。若謂部院大臣公然與之往來通聲氣，則吾不能以毫無印證之事，隨聲附和也。

且宮內四十八處總管，各管宮殿一處，形容枯槁，衣服藍縷，個個與窮寡婦無異。余進宮查勘工程，該總管等開門引導，必恭必敬。其伺候御前者，雖不能與此比例，然其數聞甚有限，且與廷臣勢實隔絕，無從接洽。猶憶屢次召見時，在丹陛下板屋內小坐，太監端茶點火吹煙，備極恭順，賞以京票四千，便似歡喜過望。余出京後，漸有招權納賄之風說，而余終不深信。即如二次進京，事隔十二年，所見亦不過如是。吾豈屑為若輩諱哉，亦以疏逖小臣，無嫌可避，特紀其實耳。

## 宮中妃嬪崇尚節儉

余勘估宮中工程，見宮中妃嬪每人各住一院，每院中必排百數十個餑餑，未見有特別廚房。其餘殿宇甚多，無一不供佛者。其最高之樓，名曰普明圓覺，上層皆供佛像。登樓而望四面，只見黃琉璃瓦而已。乾清宮後進即交泰殿，俗傳皇上大婚住處。意以為中必有御床也，乃窺其中間，仍是高供一佛。且殿內窗檻紙皆向外而糊，與關外民房同，殆不忘土風歟。其兩廊所排列者仍是餑餑，蓋宮人食料，固以是為常品也。宮人之不得意者，多自製荷包，令太監售之於外，每套得銀四兩，其針黹極精緻。宮女與人家婢女無異，一律穿紅布衫，以月白緞鑲邊，余隨扈東陵時，曾親見之。可見宮禁之中，崇尚節儉，不似人間富貴家也。

## 皇宮殿門安裝玻璃窗不宜

德宗之初親政也，內務府大臣立山新署戶部侍郎，因皇上畏冷，造一片玻璃窗，裝於殿門。太后聞之大怒，召而告之曰：「文宗晚年患咳嗽，亦極畏冷，遇著引見時，以貂皮煨在膝上，何等耐苦！皇上年少，何至怕冷如此？況祖宗體制極嚴，若於殿廷上裝起玻璃窗，成何樣子！汝諂事皇上，膽大妄為。汝今為廷臣（謂署侍郎），非奴才可比（內務府謂為世僕），我不能打汝。然違背祖制，汝自問該得何罪？」渠乃磕頭如搗蒜，求恕死罪。後將玻璃窗撤去，而事始寢。

## 召見時他人不與聞

余初次召見，麟芝庵中堂告余曰：「太后限皇上，召見一次，奏對至少須以十分鐘為度。然皇上口吃，不能多言。汝上去，遇皇上發問後，即可洋洋灑灑，暢所欲言。敷衍十分鐘，便可下來，不必過於拘謹。」後驗之果然。凡召對時，一殿之內，只有御案一座，絕無侍從一人。殿前太監遇掀簾送入，後即避往他處，俟召見之人掀簾出門，始由對面趕來。蓋宮中規矩極嚴，絕無耳屬於垣之事。召對之人，如何稱旨不稱旨，及如何奇形怪狀，他人皆不與聞與見也。

## 內務府貪污

內務府之職，如衙門之有庶務，即俗所謂賬房也。賬房有折扣有花賬，已處處有弊，而內務府更有百倍於此者。嘗聞宣宗極崇儉德，平常穿湖縐，褲腿膝上穿破一塊，不肯再做，命內務府補之，開賬三千兩。宣宗怒其貴，嚴詰之。渠對曰：「皇上所穿褲腿，係屬有花湖縐。翦過幾百疋，鮮有花頭恰合者，是以如是其貴。」後來不知如何結束。推之他事，可想而知。

德宗在書房，曾與翁文恭師傅閒談，便問師傅：「早起進內吃何點心？」翁對曰：「每早吃三個果子（即雞蛋包）。」德宗曰：「師傅每早點心，要用九兩銀子了！」蓋御膳房報帳，一個雞蛋須三兩銀也。孝欽太后生長寒門，民間瑣事，無不周知，而內府蒙蔽尚且如此。甚矣，積重之難返也。

## 慈禧太后本想巡幸五臺山

孝欽係宮中冊立，本不能以常禮待恭邸。且自熱河還京，患難與共，漸底承平，故對恭邸不能無畏憚意，即寶師與文文忠諸老臣，亦不能頤指而氣使之。時頤和園大興土木，輿論囂然。寶師曾對余嘆曰：「太后當時尚想巡幸五臺山，賴我們諸人勸諫而止。否則，南巡之役，未必不見於今日。」只此數言，言外固有無限感慨也。

## 慈禧晚年廣召優伶入宮唱戲

孝欽晚年喜學畫，召雲南繆太太入宮。又喜聞外國風俗，召裕庚留學德國之女入宮。然不久均即放出，卻無干政之嫌。嗣因國際關係，延外國公使夫人進宮遊宴，而俄使夫人稱道程德全遇變抗節之美，程遂由同知不次而擢黑龍江巡撫。程撫蘇時，意尚以親俄自豪焉。甲申以後，宮中頗自由，蓋慈宮敬憚醇邸，遜於恭邸也。即如廣召優伶入宮唱戲，亦以甲申之後為盛。此雖小節，卻煞有關係也。

## 吳可讀尸諫立皇嗣

穆宗之崩，未有皇子。而文宗位下，當時亦未有皇孫。若欲立子繼統，則必須求之宣宗位下之曾孫，孝欽自有所不欲，乃權以德宗為繼。德宗為醇王福晉所生，福晉即孝欽之胞妹也。改元曰光緒，意謂纘道光之緒也。當時廷臣尚無間言，而於穆宗如何立嗣固未議及也。惠陵奉安之日，吏部主事吳柳堂前輩（可讀）乃自請往行禮。事畢，住在薊州小廟，繕一奏摺，作絕筆詩一首。摺內只記有「今者惠陵永閟，帝后同歸，既無委裘植腹之男，又乏慰情勝無之女」數語。其大意則指太后不為穆宗立子，是使穆宗絕嗣為不當。其詩云：「回頭六十八年中，往事空談愛與忠。抔土已成黃帝鼎，前星猶祝紫微宮。相逢老輩寥寥甚，到處先生好好同。欲識孤臣戀恩處，五更風雨薊門東。」州官馳報，全城鬨動。

朝旨乃下廷議，隨即降旨，謂：德宗所生之子，即承繼穆宗為嗣；當初本是此意，今既有此奏，著即明白宣布。此事遂因之結束。其時清流競以氣節相高，乃鳩貲立祠私祀之。當修祠時，陳芸敏侍御（琇瑩）告余曰：「我擬送他一聯，曰：『二三豪俊為時出，七十老翁何所求。』」余應之曰：吳柳堂以庶吉士散館，銓選主事到吏部，人尚樸誠。遲暮傷心，思欲樹一節以表見，自亦恆情。烈士殉名，既以身殉，何必不予以名？」渠曰：「死者固可原，生者亦未免太好事了。」蓋其意不甚附會清流，而以建祠為無謂也。

## 慈禧太后興建頤和園

清宮相傳，有一宮史，飲食有一定籩俎，起居有一定時刻，毫髮不苟；若駐三海，駐圓明園，則不拘泥。故從前帝后皆以駐宮為苦，夏令必駐三海，託名避暑也。孝欽垂簾十餘年，后以大難削平，漸思逸樂。痛圓明園之毀於洋兵，乃於圓明園左近，修理一頤和園。大吏頗有貢獻，且聞有撥海軍開辦費以濟之者。當日言官交章諫阻，持之太蹙，以致激成非修不可之結果。徐蔭軒相國嘗謂余言：「此事之成，閻丹初不能無罪。渠自命能理財，將庫平減成發給（庫平改為京平，百兩可省六兩，謂之減平），年可省數百萬，致長朝廷侈心。」防微杜漸，春秋責備賢者，不得謂此論之未允也。閻樸而近矯，徐正而近迂，然其正色立朝，毅然不可犯，及今思之，不得謂非老成典型也。

## 李鴻章奏請成立海軍

甲午之前，李文忠奏海軍成立，謂東南濱海七省，海疆可資屏蔽，語意不無鋪張。朝廷乃派醇邸，前往天津閱看，又派內監李蓮英隨侍，意在慎重海防。所派隨侍，亦係尊重懿親之意。到津後，北洋大臣照閱兵王大臣例辦差。閱兵時，李蓮英只在後伺候王爺，亦未為總管設坐。乃言官紛紛上摺，謂閹人監軍，恐蹈前朝覆轍。杜漸防微，言之亦自成理。誰知中東事起，主戰者乃執李文忠前奏，逼其一試。而賠款割地之禍，發端於此矣。

## 甲午德宗萬壽宴

甲午六月，德宗萬壽，賜宴太和殿，每部司官兩員，余與溥倬雲與焉。宴列於丹陛，接連及殿下東西。兩人一筵，席地而坐。筵用几，几上數層餑餑，加以果品一層，上加整羊腿一盤。有乳茶有酒（酒係光祿寺良醞署所造）。贊禮者在殿陛上，贊跪則皆起而跪，跪畢仍坐。行酒者為光祿寺署正。酒微甜，與常味不同。宴惟水果可食，餑餑及餘果，可取交從者帶回。赤日行天，朝衣冠，盤膝坐，且旋起旋跪，汗流浹背；然卻許從者在背後揮扇。歷時兩點鐘之久，行禮作樂，唱喜起，舞歌備極整肅。宴之次日，賞福字、三鑲如意、磁碗磁盤、袍褂料、帽緯、白綾飄帶八色。恭逢盛典，渥荷殊恩，今日思之，如隔世矣。宴之坐次，自王公大臣在丹陛上，各官各按憲綱，遞為坐次。西邊末坐，則為朝鮮使臣宴席。朝使圓領大袖，手執牙笏，尤為恭順。中東戰後，朝為日並，殿廷上不復見朝鮮衣冠矣。

## 慈禧太后六十聖壽慶典

甲午十月初十日，為孝欽太后六旬聖壽。先期即設慶典處，籌備典禮，備極隆重。故於是年六月二十六日，德宗萬壽，有大開筵宴之舉，亦為是點綴也。其時中東和議決裂，筵宴之日，摩天嶺即有開戰之說。大家議論，謂甲子三旬萬壽，其時甫經垂簾，且大難未盡平，自無慶典可言。甲戌四旬萬壽，即穆宗崩逝之年。甲申五旬萬壽，亦因中法開戰之役，均未及舉辦。今年又遇中東戰事。可見太后辦萬壽，實有不利。然事已舉行，各省祝嘏者亦紛紛進京，只可勉強成禮。屆期太后出宮，坐六十四人所抬人輦，路過各處，均各有點景，結彩燃燈，陳設甚美。輦如佛龕形，扶輦之鑾儀校皆穿五彩衣。輦行甚緩，德宗步行前導；前又有王公二人，手各持如意一柄，俯首退後引行（凡典禮所派，前引對引大臣，皆退後行，不敢背面相向）。整齊嚴肅，頗稱一時之盛。然人心不定，亦只粉飾昇平，敷衍了事而已。

## 德宗要重辦慶寬

內務府郎中慶寬伺候慈宮，頗見信用。有一日，德宗因慈壽要送禮，乃告慶寬曰：「我要送太后壽禮，汝為我備之。」慶乃打四個金鐲式樣呈進，謂：「皇上要送老佛爺（清宮信佛，內府稱太后曰老佛爺）壽禮，四個鐲樣，請旨要那樣，即打那樣。」太后曰：「我四個都要。」慶舉以回奏。德宗問：「四鐲須價多少？」慶曰：「值四萬。」德宗曰：「豈不是要抄我家了！」（傳聞德宗私蓄四萬，存在後門錢鋪生息。今言抄家，與此語似相印。）此一事也。慶寬辦理太后六旬萬壽慶典，設有慶典處，所有應用器物，均尤其包攬，殆盡抬價居奇，從中取利。且其氣焰咄咄逼人，旗人多忌之。

嗣有滿御史密奏慶寬家藏御座，舉動不軌，及誣其身家不清等事。奉旨派敬侍郎（信）查辦，余與溥倬雲充承審司員。德宗召見敬侍郎，必欲置之死罪。累日查無實據，我告侍郎曰：「查辦必須情真罪當，不能殺人媚人。」過幾日，上又召侍郎曰：「汝言慶寬無罪，吾不疑汝，難道汝之司員盡靠得住耶？」侍郎曰：「臣所派司員二人，均係京察一等記名之人，何能信不過他？」德宗又曰：「他果無罪，難道算不得他違制耶？」侍郎出告余，余曰：「違制例應革職。若辦到革職尚可，餘外則不能奉詔。」後乃舉其門口設下馬石，謂非郎中家所應有，作為違制，照例革職覆奏。摺久不下，旋軍機張文達出來畫稿，余密問之，張曰：「不要作聲，頃已派中堂前往抄家矣！」抄數日，得銀三千餘兩，他無違禁之物，而慶寬遂以落職了案。後太后重複訓政，慶寬不知如何作用，又部選江西鹽法道。此又一事也。大概清宮家法極嚴，太后待德宗不少假借，而謍御之徒伺候意旨，播弄是非，不免積成嫌隙。觀上列兩事，所謂兩宮不和，固不無影響，然其確實可指者，亦只德宗要重辦慶寬數語而已。其餘則得之傳聞，究亦迷離惝恍，不可捉拿也。

## 翁同龢、李鴻章與甲午之戰

中東之役，翁文恭獨主戰，諸名士實慫恿之，蓋狃於拘獲大院君已事，不肯讓步；且以海軍可恃，疑李文忠為賣國。然文忠揣勢量力，心知其不可戰，而口不能言。雖嚴旨督責，褫去黃馬褂，拔去三眼花翎，而終屹然不動。朝士固甚喧囂，而群帥貪功，亦躍躍欲試。吳清卿自請出關，乃雅歌投壺，風流自賞，未戰而兵潰。日兵步步深入，海軍又殲於劉公島。喪師辱國，十倍甲申。甲申雖迭遭敗衂，而諒山一戰，法兵亦被重創，馬江戰艦雖亡，而法大將孤拔，聞亦為炮臺流炮所斃。議和時，故未及賠款也。此役海陸兩軍俱敗，李文忠親到馬關議和，幾為日人主戰黨所狙擊。裹瘡定約，賠款二萬萬；割臺灣及金、復、海、蓋四州縣。後因俄、德、法三國仗義執言，以日本係島國，不能占腹地，而金、復、海、蓋始復為我有，辱孰甚焉。自是而德租膠州灣，英租威海衛，俄租遼東半島，法租廣州灣，不數年間，相繼而起，蓋列國亦狃於均勢之局，幾成瓜分，雖不與此役相屬，何非此役階之歷耶！

## 甲午之戰京師震動

中東之戰，日兵直逼奉天。警報時至，京師震動。朝士之主戰者，紛紛搬眷出京。余以實缺一等人員，無棄職捨去之理；老母亦意在持重。同鄉多視余家眷行否為進止。時南皮張文達管部，併兼軍機。余於晝諾之餘，密探消息，文達微有指示，余遂決計不動。旋和議成而心安。當時實亦冒險也。

## 中法、中日之戰內因

甲申時之清流，甲午時之名士，皆翰苑高才也。論者謂當時軍機大臣若能收羅之，則群才不生怨望，未有不安然就範者，何至激成中法、中東之戰哉。人或疑此言為鍛鍊周內，不知履霜堅冰，天下事固有發端甚微，而貽禍至不可測者。君子所以貴知幾也。

## 從甲申之役到戊戌政變

甲申之役，推倒軍機，實即革命之導火線，而皆翰林院之人為之也。戊戌政變，則以進士舉人為之。範圍愈廣，則變相愈亟。噫，其殆有天意歟。

## 中國始發見「立憲」二字

庚子拳匪亂後，厲行新政，擬將中國舊法，逐漸變更。至丙午之夏，袁項城以直督入覲。時余正入京候簡。端午橋以閩浙總督留京不行，待袁來共議立憲，費盡營謀，改授兩江總督。蓋是時中國始發見「立憲」二字也。

## 歷任軍機大臣

兩宮垂簾，樞務以恭邸領之。諸大臣中，擇一二人為主筆，余則僅供參贊。其後進者，謂為打雜軍機，擬稿而已。蓋不如是，則意見紛歧，紀綱不肅。部院情形，亦大率類是。主筆即當事之意，人或竟以當國目之。光緒初政，文文忠（祥）、沈文定（桂芬）當事。文殁則寶師繼之。沈殁則李文正（鴻藻）繼之。景尚書（廉）、王文勤（文韶）、潘文勤（祖蔭）、翁文恭（同龢），先後入直。王、潘旋入旋出。至甲申，則以禮親王（世鐸）代恭邸，並令醇邸參預大計。餘則全體罷免，易以額尚書（勒和布）、閻文介（敬銘）、張文達（之萬）、孫文恪（毓汶）。不數日，許恭慎（庚身）以前充領班章京，諳悉體例，亦入直辦事。張年老而閻旋退直，孫文恪便當事。嗣許殁，徐忠愍（用儀）入焉。

甲午，朝鮮事起，先令翁文恭、李文正參預軍事。冬間，額張出，即令翁、李入直。旋恭邸復起。孫因病自請開缺，文恭、文正復當事，剛相國（毅）繼額而入直。丁酉，徐忠愍出，錢侍郎（應溥）、廖總憲（壽恆，後升尚書）更迭入直。戊戌夏，文恭被黜，旋而恭邸薨逝，復召王文勤入直。時同直為剛相國（毅）、啟尚書（秀）、廖尚書（壽恆）、裕尚書（祿）。八月政變，榮文忠以直督到京，即令入直；裕尚書出任直督。己亥十月，廖尚書退直，以趙尚書（舒翹）繼任，其時剛相亦頗用事。

庚子，拳匪倡亂，載漪袒拳弄柄，奴視樞臣，暴戾恣睢，樞廷幾為之蹂躪焉。乘輿西狩，文勤一人隨行，榮文忠隨由保定奔赴陝西行在，即命入領軍機。諸大臣陸續至，禮邸遂改任他差。和議成，勒辦禍首，啟秀在京正法，趙舒翹在西安賜自盡。事平迴鑾，軍機不以親貴領班，即以文忠任之。余丙午到京，文忠已逝，慶邸繼文忠領班，而鹿相國（傳霖）、瞿相國（鴻機）、徐尚書（世昌）為之輔。樞廷略具規模，然而慶邸已明受饋送矣。辛酉之後，親貴蜂起，紀綱盡弛，樞政益歧。吁，既灌以往，吾不欲言之矣。

李文正當國，雖不免有偏執之議，而風裁端整，視事諄懇。余時到部未久，即頗蒙其青睞。張文達名士風流，頗有不羈之概，然其久歷封疆，饒有識解。中東之役，渠正管部，余於私宅晝諾之餘，談論時局，頗多感嘆，蓋知其不得志然也。老成典型，至今有餘戀焉。

## 鹿傳霖軍機最無權

鹿文端丙午時，與瞿、徐同直樞廷。三者之中，以文端為最無權，兩耳重聽，人不免以伴食視之。其實文端由牧令起家，煞有經驗。余候簡在京，約三個月，時往謁之。門庭冷落，余每到輒縱談不倦。嘗太息謂余曰：「中國百姓太愚，中間這一般人又太刁，如何得了！」余歸而告人曰：「大家笑鹿中堂，雖做過外官，其實外官之事，亦不甚了了。今觀其所言，何等了了！」蓋當時風氣日非，雖有老成人，亦供人狎侮而已。

## 翁同龢被罷官

翁文恭美鬚髯，風采奕奕，忠君體國，尤喜汲引人才。甲午主戰，喪師辱國，無可諱言，然其時聖眷猶未衰也。恭邸復出，深資倚任，亦謂英雄不以成敗論耳，儤直逾四年，戊戌四月罷免。八月政變，剛相謂其曾經面保黨人，褫職交地方官嚴加管束。是嚴譴只因面保黨人，被人讒毀。況所謂政變者，不過出諸一人之口，變究未成；群兒作戲，雖變亦何能通？文恭即未去位，豈肯與聞其事耶。至謂兩宮之間，不善調護，不無離間嫌疑。然文恭身為師傅，處難處之地，盡有難言之隱，亦即有可原之心。文恭於宣統時，明詔開復，追予諡法。今者國事已矣，此等莫須有之言，正不必剖辯是非，徒亂人意也。

## 得翁同龢之汲引

余於翁文恭之侄孫弢夫廉訪（斌孫）為同年，然於私宅未嘗一謁。且文恭於余在京時，從未到過吏部，亦並無堂屬之誼。一日因查辦倉案，堂司各官群集倉署，文恭獨於稠人中，趨而與余言，甚致殷勤之意。余得京察記名後，適年未簡放。文恭屢言之於恭邸而未得，當緣簡放官缺，雖由軍機大臣公同進單，而擬放何人，須由領銜之親王開口，他人不能預也。有一日，建昌府缺出，文恭在毓慶宮先奏。德宗謂：「今日建昌府缺，請簡某人。」故召見。軍機進單時，不待恭邸開口，便由御筆圈定。余謝恩後往謁，文恭具道抱屈之意。余曰：「此皇上天恩也，何敢不感激！」文恭悚然致敬。後因徐忠愍與人私言當日原委，余始知文恭汲引之力，固煞費苦心也。

## 徐用儀與許景澄、袁昶同罹於難

徐忠愍為吏部侍郎時兼軍機，於部務卻稍可主持。人極通達，與余最相得。余當時頗露圭角，徐告人曰：「是不可干以私者也。」甲午戰後，余頗急乞外，而徐以班次在後，愛莫能助，時常道歉，其情固甚可感也。余出京後，渠於丁酉出軍機。拳匪之役，與許侍郎（景澄）、袁京卿（昶）同罹於難。和議成後，始行昭雪，追予謚法，浙人目為三忠。無妄之災，不能五天道，寧論之慨也。

## 王文韶別有感慨

王文勤人極圓通，人以琉璃球目之；然其揚歷中外，老成持重。任吏部侍郎時，判事敏決，滿腹精神。庚子拳亂，渠適在軍機，以白髮老臣一人，相從西幸，備極賢勞。余丙午到京，見其老態龍鍾，視乙未在天津節署見時，風采頓減，然惓惓憂國之意，溢於詞色。且對余言：「大家皆抱怨老太太（指孝欽言）。汝須防老太太一旦升天，則大事更不可問。」言下蓋別有感慨也。

## 直隸總督榮祿

余到京時，初未識榮文忠。文忠為昆師母之從兄，風度翩翩，饒有才幹。光緒初元，任工部尚書。步軍統領，當時已錚錚有聲，嗣因事鐫職。有一日，在寶師處聽劇，與之同席而坐。鍾傑人同年以閩語問余曰：「這一個山查是否續燕甫？」（兩淮運使續昌）余曰：「不是。續燕甫我見過。」榮文忠亦用閩語答曰：「汝們說福州話，我們亦會說福州話。」傑人乃問其貴姓台甫，渠以榮祿號仲華對。余知不妙，遂移往他坐。

後數日，昆師告余曰：「榮仲華告我，汝與傑人以福州話唐突他。」余曰：「傑人問這個山查是否續燕甫。山查者，閩人指紅頂言也，並非諧謔。」師聞之大笑。後在師處屢相見，漸漸往來。嗣文忠起復，任西安將軍，回京尚以口外羔皮桶見贈。蓋以「山查」二字，遂訂交情。其實文忠之先人為閩副將，後以總兵殉粵匪之難。時文忠尚幼，寄讀於饒提督（廷選）家，即林贊老之岳也，故於閩人感情加厚。余出京後，以雪泥之隔，並不與之通信。戊戌政變，文忠以直督入軍機，從容弭變，保全實多。拳亂西行，趨赴行在，維持大計，煞費苦心，朝局賴以底定，厥功偉焉。丙午到京，惜不復見，為之愴然。

## 昆岡好臧否人物

昆師性耿介而好臧否人物，嘗謂余曰：「福箴庭（錕大學士）豈有此理，昨日在朝房，竟罵人曰麻煩（麻煩即累贅之意，京城土語）。似此傖夫口吻，如何做得中堂。」余聞之悚然。蓋當時朝綱整肅，京官體制固一毫不苟也。又嘗譏恩中堂（承）曰：「汝看恩中堂，凡事都說是照例。他做中堂，本是照例；即其面目，亦是照例。」蓋嘲其方面，田田庸庸，得厚福也。細思之，不覺失笑。

## 廣壽事理通達

滿員以筆帖式為正途，其由科甲出身者甚少。部院堂官，不盡皆科甲人員，其中人才之傑出，亦有可指者，前所云榮文忠即其一也。又有吏部廣少彭尚書（壽）事理通達，風裁峻整。其兼任內務府大臣也，每見其入宮門時，群閹嚴憚，不敢正視。在部時，與余亦甚相得，惜相處不久，旋薨於位。及今思之，尚有餘慕也。

## 溥倬雲與玉岑尚書

溥倬雲（興）為主事時，與余同部且同差時多。後升尚書，以病免。余簡建昌同時，戶部郎中有（泰）亦放陝西知府，其兄玉岑尚書（良）告人曰：「近日放兩知府，輿論皆為朝廷賀得人。」又為之說曰：「官階道尊而府卑。然朝廷實重府而輕道，謂府獨當一面，可辦事也。」此說雖非杜撰，寶師曾與余言之，其實亦慰藉語耳。後禮部應詔，保薦人才兩人，余與焉，領銜者即尚書也。

## 端方熱中官位

端午橋官工部時，與余多同事工程。後由霸昌道，不十年遊歷封疆。丙午夏，余到京，相見於慶邸，初幾不相識，後乃告余曰：「隔別多年，君竟留鬚矣（余四十二歲到建昌，路人謂太守為年輕，特於接印之日留鬚）。當時君記名，我尚未記名。君記之否？」蓋自誇其已為總督也。旋渠改督兩江，余簡放蘇州，竟成屬吏矣。然總督駐紮江寧，而蘇州則在蘇撫範圍之內，尚少直接關係。故渠在任，有盛行賂賄之名，而余則一毛不拔，雖未邀其青眼，卻未曾稍有齟齬也。渠少頗不羈，自為滿人，偏詆滿人為不肖。鑑賞金石，頗負時名。惟其熱衷太甚，倒行逆施，知進而不知退。自調直督罷斥後，仍求四川一差，以為再起之計，致遭慘殺，死事不無可憫。然平心而論，不得謂非自取也。

## 生允少年軼事

同部升吉甫主事（允），漢軍旗人，由舉人出身，分吏部候補，而無甚出色。中法戰爭之前，有一日，遞一條陳，請代奏。時萬文敏公（青藜）任尚書，接其摺子。適余與戴藝甫（錫鈞，後簡放大名府）同往啟事，文敏乃謂余二人曰：「此係公事，可以公言。」余看其摺子，意謂洋人太橫，今宜仿鄉試放主考之例，預定一日期，各省各派一大臣，計算程途，同日到省，將該省洋人同時殺盡，不得走漏風聲，致令逃逸。定例司員代遞封奏，應守祕密。文敏喜詼諧，而竟以公事公言告余兩人，亦示調侃之意。

升、戴與余同事，日日見面，本皆相好。下堂時，戴詰之曰：「汝知洋人尚有國否？汝殺其人，能殺其國否？」二人舌劍唇槍，互相爭辯。余以他詞亂之始止。余出京後，升竟入譯署作章京，後又出洋保候補道，不知如何升轉，由陝藩洊擢甘督。庚子西狩之役，升在陝西迎駕。太監沿途騷擾，渠力裁抑之，錚錚有聲。嗣又彈劾權貴，不稍假借，實為滿員之得未曾有者。余出京後，即與之斷絕往來。今忽錄其少年軼事，非揚其短也；士隔三日，刮目相待，亦深佩其進德之猛歟。

## 總理衙門變成外交部

余戊寅到京，其時外交事尚簡。京師設總理各國事務衙門，省文則曰總理衙門，文言曰譯署。堂官則名為大臣，司官則照軍機例，名曰章京，由閣部人員考充之。光緒季年，厲行新政，遂改其衙門為外交部，且冠諸部之上。司官始由閣部兼差者，後改為專官；始之選用科甲人員考充者，後則非出洋之留學生不得與焉。

## 昔日辦洋務，今直言外交

叔岳辭叔耘副憲（福成）出使外洋，甚著聲望，當時之熟悉洋務者，無出其右。余欲從而學焉，渠曰：「洋務究屬偏才，政治家宜求其全者，何必見異思遷？且此事非二十年經驗不辦，非僅僅西文、嫻西語，遂可稱職也。」余雖韙其言，然曠觀時勢，於外交事，仍時常留心。當中法未戰之前，陳弢老正在提倡清流，於洋務極意研究，曾借譯署歷年檔案，而屬余分手抄之。余遂得習知故事，見咸同年間，外國所來照會，肆意謾罵，毫無平等地位，與近日之來往文字，迥不相同。自因圓明園被毀，城下乞盟，為彼族所蔑視。迨後交際稍嫻，外貌遂漸改焉。當時之講求外事者，皆曰辦洋務，後則改為辦新政，今則直言外交矣。

## 奕劻辦外交才不堪任

慶王之入總理衙門也，寶師嘆曰：「劻貝勒只是一布伊唵邦（滿語，譯為內務府大臣）材料耳，如何能辦外交？」蓋慶王名奕劻，本係貝勒，後加郡王銜。晉封親王，久長譯署。拳亂後，榮文忠因病出缺，慶王遂秉國柄，直至攝政王出而始失權。回思吾師當日之言，益信國祚與人才，不得謂無關係也。

## 外交屢遭挫折

鴉片起釁，香港被占。以後外交迭次挫折，不必言矣。洎天津大鬧教案，正值普法交戰時代，曾文正不知外情，遷就結案。當時外人行險徼幸，中國竟為所愚，亦不可謂非外交之暗也。中俄立約，崇厚違訓越權，幾成大錯。曾劼剛公使（紀澤）竟能以口舌之力，毅然改約，朝野稱慶，此為外交轉機之一端。中法一役，法侵越南，中國起而救之。無如器械不精，將才缺乏，黑旗劉永福孤軍無援，致遭敗衄。然劃界議和，猶能不賠兵費，此亦外交中不幸之幸者。

乃甲午、庚子兩役，一則賠款二萬萬，一則賠款四萬萬，繼而德、俄、英、法紛紛借地，跡近瓜分，外交又一敗塗地矣。天假之緣，歐戰大興，群雄無暇東顧。此數年中正國家閒暇之時也，乃不知禦侮，壹意鬩牆，竟若外交為無足措意者。瞎馬臨池，彼仆此起，噫，尚何言哉。

## 沈葆楨、王之春論國際情勢

同鄉沈文肅公，己卯以兩江督入覲。余就詢時事，文肅曰：「中外今日皆有得過一日是一日之勢，中國人不必遽自餒也。」要言不煩，其識見自有過人處。旋閱王芍棠中丞（之春）使俄草述各國情形，亦非一味頌揚。特因筆墨稍平，不能如曾劼剛襲侯、薛叔耘副憲兩日記風行海內。然其於歐戰之萌蘖，黨禍之蔓延，言之固不無影響也。

## 乾隆親領棘闈風味

純廟崇尚文學，欲親領棘闈風味。有一科會試，託一舉子名，領卷進場，坐龍字第三號。未及終場，即傳呼開門而出。遂御製一七律，末有「從今不薄讀書人」之語，刊在至公堂屏門。所

## 殿試暗通關節

從前朝殿考試，雖不無暗通關節，究不能坦然為之。故三鼎甲次序，必以讀卷大臣官階為準，雖係錮習，亦足以示制防。昆師屢與閱卷之役，遇不如意事，輒與余痛言之。某科殿試，讀卷官有吏戶兩尚書。戶部尚書得一卷，取第一，要作狀元。雖礙於習慣，須讓憲綱在前者所取為首選，然究非官話。因商之大眾，非以其所取第一為狀元不可。吏部尚書乃怒曰：「論此卷之字，不必為狀元；即論此人，亦不必為狀元。」昆師告余曰：「彌封閱卷，何以知其人之該做狀元與否？此老說話，亦太不檢點矣。」後來賭氣累日，大家調停，卒以戶部尚書所取者居首。然名次黃箋已貼，更改為難。又有一最好事之某尚書，起而言曰：「若要改名次，我卻帶有刮刀。」乃袖出刮刀改之。汝想應試者帶刮刀，豈有閱卷者亦帶刮刀？此真無奇不有矣。

又一次殿試閱卷，榜眼已取定矣，其卷中「閭閻」二字，誤作「閭面」。昆師與福中堂同在讀卷之列，福中堂挑出「閭面」二字，以為不典。有素著文名之某尚書乃曰：「閭面對檐牙。古人詩句，記曾有之。」大家遂隨聲附和，不復更動。榜發後，士論譁然。昆師舉以告余，而深恨福中堂之無用也。

又一次大考翰詹，昆師派閱卷，到南書房時特早。太監持一詩片出，曰：「有旨，要取此卷為第一。」昆師對曰：「今日是尚書孫毓汶領銜，俟其來時再承旨。」孫到，師告之曰：「我閱卷多次，未奉過如此旨意。今日是君領銜，且又是軍機，消息靈通，請君斟酌可也。」後揭曉，人言嘖嘖，師乃以此事緣起與余言之。蓋當時館選漸寬，品流漸雜，不無越軌舉動，相摩相盪，水火混爭。而詆諆其科舉者，遂得有所藉口矣。

## 翰林放差情況

從前京官，以翰林為最清苦。編檢俸銀，每季不過四十五金，所盼者，三年一放差耳。差有三等，最優者為學差。學差三年滿，大省分可餘三四萬金，小亦不過萬餘金而已。次則主考，主考一次可得數千金，最苦如廣西，只有九百金。若得鄉會房差，則專恃門生贄敬，其豐嗇以門生之貧富為轉移，大率不過三百金上下，亦慰情勝無耳。然得之最逸者莫如房考。若主考則勞甚，放差後不過十餘日即須起程，整理行裝，而以預備聯箑為最忙。禮聯禮箑多自購寫，到省分送官僚，以為送程儀之招。省之督撫，按照缺分肥瘠，預先派送。各省各有約數，臨行時全數匯齊。辭曰饋贐，固光明正大，渾然無跡也。

至於出京程途，遠者逾兩個月，至近者亦須旬日。冒暑遄征，無間晴雨，非趕八月初到省不可。到省後，即閉入闈中，埋頭閱卷，一個月而始放榜，蓋已筋疲力盡矣。出闈後，略事酬應，仍按驛回京。省分遠者，往返須半年辛苦。然得之者意足心滿，雖歸囊盈絀不同，似亦不甚計較也。若學差則不然，官階大小不同，省分肥瘠亦異，三年兩次，周歷諸郡，隨帶幕友書役，竟是後車數十乘，從者數百人氣象。且公費難依定額，供給取諸州縣，關防之疏密，取與之嚴濫，即提調之知府不能言其究竟。本人亦未嘗不感困難，然外面則堂哉皇哉，不失為督學禮制也。

## 翰林以考差為第二生命

有一科考差，欽命詩題「尚賢興功」，得「官」字。同鄉皆不知題旨。姨丈龔禹疇侍御（履中）曾以貲郎官兵部，辛未入翰林，是日亦與考。乃謂同鄉曰：「我在兵部時，記司堂上有此四字匾額。兵部是夏官，題旨其殆出自《周禮》歟。」同鄉以龔丈長厚，固不疑其誑，然總不敢輕信。周旭齋舍人（雲章）乃以「人才貢夏官」五字，在第一聯押「官」韻。出場語人曰：「我閣中書命輕，第一聯押『官』韻，固不合格；然果得旨，即不合格，亦復何礙？」後乃得一房差。而龔丈不特「夏官」二字不敢用，且「周官」二字亦不敢用，卒不得差。神差鬼遣，一似龔丈兵部資格，專為周舍人效力也者，何其巧耶？可見當日翰林以考差為第二生命，真足以顛倒豪傑也。

# 考差經歷

嘉道年間，考差學政、主考，閣部亦一體簡放，不專屬之翰林。咸同以降，翰林擁擠，此差遂多歸之。閣部之得試差房差者，十只一二，而學差則絕無矣。余當癸巳時，因甲午京察無望，頗思於考差時卜一勝負，亦見獵心喜意也。習白摺，學試帖，月有常課，字雖未工，而詩卻合格，興致亦尚不淺。不逾時，忽調考功掌印，甲午可得京察，出乎意料之外。遂不復作得差之想，考差時草草成篇，未刻即交卷出場。數日後，閱卷者傳出詩句，知吾之卷已在陳侍郎（學棻）手，取列第七。

同鄉太史群相慶，以為必得闊差，實亦半有妒忌意。因思此次所以想考差者，為本屆不得京察也；今既得京察，本無得差之必要。況取在第七，他人或通聲氣，固可得大差，若余寂然不動，所得者，不過一房差耳，吾何取焉？乃遇順天鄉試及會試，進題本時，俱預先告假，以示與人無爭之意。然亦別有所感觸然也。凡放試差，五月初一，以遠省雲貴為首批。陸續放至七月，以近省山東為止。八月初一放學差，初六放順天主考房考差。時有一打油詩嘲不得差者，云：「自從雲貴盼山東，盼到山東又落空。學政鄉房都過了，團圞家宴月明中。」其作謔亦殊虐矣。余於鄉房告假後，戲謂人曰：「我考差費到半年工夫，今日告假，獲免打油詩奚落，猶足以自豪也。」

## 鄉會殿試考卷十科焚毀一次

鄉會試及朝殿各試卷，歸禮部設庫保存，閱十科焚毀一次。余在京時，適屆焚卷之期。時郭春榆在禮部掌印，託其將原卷取回。同鄉熟人之卷，亦取出互閱，獲雋文字，濃圈密點，各有可觀。唯試帖多有笑話。蓋館閣重試帖，人皆於得翰林後始練習，平時專習八股，於試帖則無暇求工也。陳伯雙侍御（懋侯）以名翰林疊掌文衡，字不甚工，而試帖卻佳。乃觀其癸酉鄉試試卷，詩題係「月過樓臺桂子清」，詩中有「玉露涓涓冷，金風陣陣輕」一聯。渠以能詩自喜，每當其高談闊論時，余必誦此聯謔之。伯雙歸道山已三十年矣，回首當時文酒過從之樂，不禁慨然。

## 閱卷者力不暇給

閩諺曰：「進學是文章，中舉是命。」俗語流傳，習焉不察，而不知煞有道理也。學政取秀才，試卷較簡，幕友又多，場中固不免有遺珠。然其入選之卷，總有一篇稍妥文字。且筆跡優劣，亦較有標準。若鄉會試則不然，試卷黑格朱書，本已目迷五色；時間既逼，卷帙又多，一人精神，一日看數十藝，已屬神昏目眩，況三場十四藝。以十餘日工夫，每人須看數百卷，統計之，即是數千藝，豈有不顛倒錯亂哉？俗言朱衣點頭，考官只有聽命朱衣而已。余在贛時，曾考過府試五次。當時精神何等健旺，乃初看二三十藝，自易斟酌。及看過五十藝，字便不認得，題目亦遂不記得。屢試不爽。況鄉會場繁冗，十倍於此乎。凡事非親歷其境，殆未易知艱苦歟。

## 閱卷者荒謬做法

京師場弊，自大學士柏葰（原名柏俊。因刑例凡伏法犯人，名字有好字面者，必加偏旁，使不成字）。正法後，功令為之一肅，數十年諸弊淨絕。然弊雖絕，而閱卷之力不暇給，則無以易也。況每科總裁，必有一老中堂或一老尚書。嘗聞有滿中堂充總裁，臨場不耐看卷，只將薦卷排作一圈形，置鼻煙壺其中，將壺一轉，頭向何卷，即中何卷。雖屬謬舉，然倚老賣老，任意作劇，類此者當尚不少。即寶師充總裁時，亦謂：「我只看詩，詩好則文無不好。」師喜作詩，故所言如此，可見其看文之不經意也。且聞房考閱卷，亦非逐卷批點，不過如走馬看花，擇其悅目者取而薦之。其餘落卷，則預擬一空泛批語，如欠警策、未見出色之類貼之，並於文內補點數語，此卷便算畢命。其有落卷批出疵病者，皆由薦後不中，或擬薦未薦之卷，重新加批，非初閱卷時便如此精細也。更有房考性懶，將補批補點之事委諸家丁者，家丁亦有倩友人冒充者。房考多年力精壯之人，何至如此荒謬？實因時間匆促，勢逼使然也。

某科有一舉子落第，取落卷一看，內批「火腿一支」四字。後查房考係熟人，攜卷與之理論。房考倉猝答曰：「大錯了！此係向供給所取物之條，他們如何誤貼在卷上？」舉子乃大鬧曰：「好，好，汝們作房考，只知需索火腿，將我卷不看，交與他們貼批。他們何人？明明汝家丁也。」房考曰：「我為的與汝是熟人，是以說老實話。汝何必打起官話來。」舉子曰：「我三年辛苦，文章不能勞汝一顧，說甚麼熟人？」房考曰：「若打官司，我們交情，汝當不忍；若論賠償，此事如何賠得起！我是窮翰林，汝所深知。我廄中只有一騾，汝牽去便是。」舉子曰：「罷了。」遂牽騾而去。此亦考官坐罰之一重公案也。

## 鄉會試所拔者有庸才

前言鄉會場試帖向不講究。茲又記一事，可證明者。某省某道員任海關道，家貲頗富，大吏又器重其才，人多妒之。某科其子兩人同榜中式，人謂其子本不通，且兩子同榜，顯有場弊。經言官奏參，奉旨查辦。余充承辦司員，開手自以調閱試卷為先。三場文字，甚為平庸，而試帖有「落日照桑攤」一句，則奇劣。大家商議，看此文字，決非槍替；而此外又別無關節破綻可尋。

若僅以此詩句，指為文理荒謬，而鄉會試帖非朝殿可比，向不苛求。且「桑攤」二字，安知不別有僻典耶？實亦大家重興大獄，遂從寬發落焉。《制藝叢話》博引繁證，說得文章何等有價；今言場中衡文毫無憑據，兩說豈不相悖？不知披沙揀金，既揀得金，自有價值；若是金而不及揀，不是金而誤以為金，此中自有朱衣在也。

## 會試中有僥倖過關者

丁丑，昭兄與余同會試。首場詩中，「痕」字訛為「浪」字，係屬失黏。當時檢出，疑未即改，遂忙而交卷。場後急欲回家，以為必難徼幸也。乃榜發竟中，謁房考，看原卷「浪」字果未改。以為磨勘一定罰科也，乃告殿歸去，以待下科補殿（中後不殿試，謂之告殿；下科補試，謂之補殿。）後來磨勘，居然無事。或云，場後試卷，房考必覆校一次，盡可設法改正；或云，磨勘亦有勘不出時候，皆未可知。此又試事之難以常理論者也。

## 傳臚儀式

傳臚之日，余隨班行禮。皇上將升殿，時丹陛上有一曲柄黃傘，便扶之而起。殿下盤一巨繩，長逾數丈。初不解其為何用，忽殿上贊：「鳴鞭！」有一人手執繩頭，抖擻撲地，聲震殿瓦，如是者三。然後皇上即升殿。首引一甲三名，跪於前頭，次引二甲一名，又次引三甲一名，向前跪。旋即鳴贊行禮奏樂。迨禮畢各散，三鼎甲出正陽門，騎馬歸，禮官送之及第而返，此所謂及第也。二甲以下，則由旁門出，無人過問矣。鳴鞭之制，凡升殿皆然，不獨傳臚然也。民間放爆謂之放鞭，蓋即取此義歟。

## 會試、鄉試之考題

余試卷自卷庫取出，由粹弟收藏，近已散失大半。今所記者，會試首場題目，首係「修己以安百姓，修己以安百姓」二句，次言「而世為天下，則三見賢焉，然後用之」。詩「露苗煙蕊滿山春」。二三場題目，則記不起矣。鄉試首場題為「君子信而後勞其民」一章，次為「不大聲以色」，三為「人知之亦囂囂，人不知亦囂囂」。詩為「南飛覺有安巢鳥」。次場《易經》題：為布為釜；《書經》題：弗詢之謀勿庸；《詩經》題：維莫之春，亦又何求？如何新畬？《春秋》題：冬，會陳人、蔡人、楚人、鄭人盟於齊（僖公十有九年）；《禮記》題：孔子曰：「吾觀於鄉，而知王道之易易也。」三場策題，亦未能記出。鄉會覆試及朝考題目，苦思不得。僅記保和殿有一詩題為「雪白薔薇紅寶相，終難定其為何場」也。會試中二百十一名，卷為錢師所取；鄉試中六十一名，卷為孫師所取。文不高而名次低，本不足異，唯鄉試二場五經文，取而進呈御覽，為可異耳。照例主考覆命，必有鄉試錄擇文之尤者，進呈御覽。首場多用元魁之文，二三場卻不拘，然未有六十一名之卷取而進呈者。可見場中閱卷之忙，文章之無憑據也。今科舉已停，余以生員切己之事，未及六十年，尚不能記清題目，過此更無人過問矣，故瑣瑣言之。

## 協修《會典》

京師史館林立，余無分與修史事。時《會典》適開館，余充協修之職，蓋吏部一門，須由吏部司員起草也。余分得稽勳司三卷，原本尚多罅漏，隨意修飾，數日即交卷。同時部中無好手筆，意館中總纂必有一番斟酌也。誰知依樣葫蘆，而全書成矣。余且得升階保案焉。蓋向來修纂官書，不過聚翰苑高才，分任纂修協修之役，精粗純駁，各視其人之自由。總其成者，半皆耆年高位，以不親細事為習慣，略觀大意，信手批閱，即付剞劂。風行海內，人人遂奉為圭臬，以訛傳訛，流毒無窮；迨識者指其錯謬，已無從補救矣。此亦文字關係，不可以常理論也，人特習焉不察耳。

# 卷下

余在京時，查辦重案多次。凡陵廟倉庫與作考查之事，多與其役。積年既久，更事漸多。且中經甲申、甲午兩次戰役，及累次外交膠葛，尤多有所閱歷，名為部屬，而於國家大事，頗得其大要。前人有《郎潛紀聞》之作，今所言者，半皆吾身親見之事，非僅耳食已也。白頭宮女在，閒坐說玄宗。惜年來記性銳減，不過得其十之一二耳。

## 軍機處屋小如舟

從前京師最高機關曰軍機處。處在乾清門東側，屋只三椽，旁有小屋為茶房。堂官兼軍機者，不能常到署。有事須進內面陳，司官多在茶房小坐。湫隘不堪對面，即軍機章京辦事之所，俗所謂南屋也。余考軍機時，入其室晝到，見其屋小如舟，十數人埋頭作書，燭幾見跋，其景況與寒窗無異。然其地極嚴重，平時無論何人，不得踐其戶也。其餘如內閣、戶部、刑部、都察院各署，余皆因公到過，雖各有大門大堂，而辦事之所無不狹隘，皆以數十人聚在一室。刑部司堂簡陋尤甚。當時夙夜在公，事固不廢，而居其中者，尤安之若素也。

## 軍機處點心

余每到軍機處啟事，其廊下必排燒餅油扎粿果數盤，為備樞臣召見下時作點心也。古人宰相堂餐，斷不如是之節儉。當日樞臣，似尚有羔羊素絲之遺意也。

## 大學士俗稱中堂

大學士名居揆席，非兼充軍機大臣，幾與閒曹無異。然位分不可褻，故大學士多有管部者。京官皆一滿一漢，分東西坐，非如外官之坐，必中於堂也。唯管部，則於部中添一正座，兩旁以滿漢尚書陪之，滿漢四侍郎則在下面分兩旁坐。故大學士俗呼為中堂。後來不管部之大學士及協辦之大學士，亦沿稱為中堂焉。

## 御史為朝廷耳目

御史為朝廷耳目之官。國初，有以州縣循良行取為御史者。同光以降，則專以翰林編檢，及各部郎中員外，考取序補。其實翰林一等得京察，或積資開坊；部員得京察一等者，亦注意外放，皆不願考御史。因御史輾轉一二十年，亦不過得道府而去。是御史只是二等人才耳。至滿御史，尤係不得志者所為，偶有建白，多係受人請託。孝欽每於冬季語宮人曰：「歲將闌矣，滿御史又該說話矣。」蓋聽政日久，深疑其有賣摺之弊也。

李文忠久任封疆，動為言官所指摘。余過天津，與余言之切齒，謂非撤都察院不可，渠自有所激而云然。而御史好弄筆墨，咄咄逼人，實有令人生厭處。但瑕瑜參半，其有遇事敢言，不畏強御；或平日緘口不言，遇有要政，獨能力排眾議，侃侃直爭者，皆不愧「拾遺補闕」四字，不得謂此官之竟可裁撤也。其所以招人訾議者，咎在朝廷鼓舞無權耳。

## 六部九卿專摺條陳時政

從前給事中、御史，例准風聞言事。而六部九卿堂官，皆得專摺條陳時政，彈劾官邪。翰詹得講官者亦如之。其餘如編檢、部司員、閣中書等官，如有陳奏，須呈由堂官或都察院代奏。余初到京，適使俄大臣崇厚因擅立條約有損主權，京官紛紛具摺參劾。直督張（樹聲）之子張翰卿，聯合六部司員，會銜具奏，而適少吏部之人，託王可莊與余言，寫好摺子，要余領銜。余曰：「此事關係國體，袞袞諸公，自能力爭；我們草茅新進，何必越職言事。」語次流涎摺上。可莊曰：「不列銜便是，何必糟蹋摺子。」余曰：「流涎卻非本意。但我要奏事，得由我自主；若他人寫便摺子，叫我領銜，我雖初出茅廬，亦不能如此懵懵。」其事遂寢。甲申、甲午之役，議論尤多，風氣尤盛，余絕不輕發一言，所謂我無言責是也。唯馬江敗釁，同鄉參劾張佩綸失機，係屬鄉事，不能不列名，非本意也。

## 紀綱整肅無權利可爭

從前國有大事，則交大學士、六部、九卿會議。六部即吏、戶、禮、兵、刑、工各部尚書、侍郎也，九卿則翰林院、詹事府、都察院、通政司、大理寺、太堂寺、太僕寺、光祿寺、鴻臚寺各堂官也。名為會議，實在主管衙門早定一稿；或主管衙門應迴避者，另推一衙門主稿。在內閣會議同意者，即行畫稿；不同意者，或單銜具奏，或聯合數人另奏，然究屬少見。且議案雖取會同，而決議究以主管衙門為重。譬如從祀孔廟之案，或有異議，究須歸禮部作主也。總之，紀綱整肅，無權利可爭，無意氣可用，公事易公言也。

## 李鴻藻之父死後得諡

從前易名之典限制甚嚴，朝臣非有勳望不得予諡。後來恩典漸寬，大學士尚書死後多予諡，然督撫得諡仍從嚴格。李文正之父曾任督撫，死後無諡。嗣文正以師傅入直軍機，疆吏特據士民公呈，奏請予諡。孝欽閱摺後，乃對軍機曰：「李殿圖若果應諡，何以當時不辦，乃事閱多年，始行奏請？」恭邸即對曰：「李殿圖即李鴻藻之父。在任時確有政績，士民日久不忘，呈請督撫乞恩；督撫據情轉奏，並無冒濫。」孝欽曰：「汝們早不說，幾幾叫我得罪人了！」乃特旨准諡。文正登時磕頭謝恩。此次召對，雖不免夾雜私話，然王道不外人情。當日文正恩眷之隆，君臣魚藻之雅，都下播為美談，無有加以訾議者。惟是樞密之地，語稍涉私，便不免傳播，亦足見一時朝綱之肅也。

## 皇帝輿服舊制尚黃

天子輿服舊制尚黃。然皇上平常御殿，多穿藍袍，不穿補服。非逢五逢十並不掛朝珠。坐墊只用藍緞，殿內陳設亦少黃色。且宮殿春聯竟用白紙黑字。門皆朱門，未見有所謂黃門者。其殆以黃為俗物而嫌敗意歟，抑以黃為正色而褻御不輕用耶。然外間一遇御字，則無不飾之以黃焉。

## 八旗服裝旗幟

八旗之制，曰正黃旗、廂黃旗（廂或作鑲）、正白旗、廂白旗、正紅旗、廂紅旗、正藍旗、廂藍旗。平時習焉不察，但呼某旗某旗而已。及謁陵時，各旗分為各色，正黃旗都統穿黃馬褂，正藍旗穿藍馬褂；而正白旗則竟穿全白馬褂，正紅旗竟穿全紅馬褂；至廂黃等旗則以紅色鑲邊，廂紅旗則以白色鑲邊。旗幟一色，楚楚可觀。入關時騎射之盛，殆不過如是也。

## 《聖祖庭訓》皆道學語

《聖祖庭訓》，光緒初年重刊，京曹各頒一卷。余領而讀之，中皆道學之語，其言「暑不揮扇」一節，意義尤精邃。仁廟晚年聖學益粹，六十年文治之美，洵有本原也。

## 乾隆與紀曉嵐

純廟繼武仁皇，導揚文化，書法極工。余於京師法源寺，見碑刻御製〈游法源寺〉詩，筆勢飛舞，神采奕奕，似為歷朝宸翰之最。特其詩句與御製詩集稍不同耳。大抵御制詩文集，或由儒臣潤色，或代擬之，萬幾鮮暇，不能一一躬親，亦如上賞之福壽字聯匾，多由南書房恭代，不儘是御筆也。

當時儒臣，以紀文達為最得優眷。南巡時，上幸白龍寺，時正鳴鐘，上乃伸紙作詩。才寫「白龍寺裡撞金鐘」七字，文達便大笑。上怒曰：「朕詩雖不佳，汝亦豈能當面大笑！」文達對曰：「臣非敢笑也。特因古人詩中有『黃鶴樓中吹玉笛』一句，積年苦不能對。今觀御製七字，恰是天然對偶，不覺喜而失笑耳！」一日，上蒞南書房作書，手帶一玉玦，刻〈蘭亭序〉，字極細緻。文達侍側，目短視，乃就而睨之。上笑曰：「我出一對，汝能對，即以此玦賜汝。」因指玉刻中「此地有崇山峻嶺，茂林修竹」十一字，使對。文達應聲曰：「若周之赤刀大訓，天球河圖。」莊重得體，得未曾有。上大喜，即脫玉玦與之。當時海宇承平，君臣相悅，誠非晚近所能夢見也。

## 滿漢大臣鬧意見

髮撚未平，滿漢大臣仍鬧意見。寶師嘗告恭邸曰：「我們滿洲特一洲耳，雖有人才，何能與漢人十八省比！」此言為其侄世兄景月汀將軍（星）與余閒談及之。當時天下承平，滿漢漸無畛域，而月汀尚以此為言，可見滿族之解事者，固早以排漢為戒也。

## 滿族重武輕文

從前近支王公子弟，令在上書房讀書。余帶引見，進內時，天皆未明，即見小王公紛紛下學。儒者本有「三更燈火，五更雞」之語。三更燈火，今則甫經上課；至五更雞唱，則已回家安歇矣。是王子不能與人同也，時間既短，師傅又不無客氣。大概有清以騎射得天下，本重武輕文。即如滿洲大家教育子弟，每日雇一教讀，其雇價月不過數金，少則只二金而已。無他，滿人出身容易，不必學優而始可仕也。是滿族人才缺乏，亦誤於「何必讀書」四字耳。

## 滿人在京分為三等

滿人在京，可分為三等：一則一二品大員，年高位尊，各自持重，禮節周旋，一味和藹。雖有鬧意見者，間或以冷語侵人，而絕無乖戾之態。平心而論，較漢人尚多平易近情。一則卿寺堂官，及出色司員，稍有才幹，便不免意氣自矜；然一涉文墨，未有不甘心退讓者。至尋常交際，酒肉徵逐，若遇有漢人在座，轉不免稍涉拘謹。一則平常司官、筆帖式，個個鄉愿，無爭無忤而已。竊揣滿人心意，亦知平常占盡便宜，人才又不能與漢人較，故見漢人頗講禮讓。而漢人之在京者，大半客居，但見其可交可親，轉有視若地主之意。此余在京十九年，飲食周旋，所日相接觸者，固歷歷在目也。

## 滿人祭神請客

滿人祭神，必具請帖，名曰「請食神餘」。所祭何神，其說不一。未明而祭，祭以全豕去皮而蒸。黎明時，客集於堂，以方桌面列炕上，客皆登炕坐。席面排糖蒜韭菜末，中置白片肉一盤，連遞而上，不計盤數，以食飽為度。旁有肺腸數種，皆白煮，不下鹽豉。末後有白肉末一盤，白湯一碗，即以下老米飯者。客食愈飽，主人愈喜歡，謂取吉利也。客去不謝，謝則犯主人之忌。滿人請客，以此為大典，然非富家不能辦。余極喜食此肉，蓋全豕去皮而蒸，其味與尋常殊不同。凡有請者，必起早赴之。余在京十九年，只遇過三次而已。宮中祭神，屢有賞吃肉之事，席地而坐，以自帶之小刀切肉。大概皆內庭供奉，及武侍衛與焉，他人則無此口福也。

## 坐轎坐車以貧富論

王公大臣許坐四人肩輿，或藍呢，或綠呢，無甚區別，非如外官，必三品始坐綠呢轎也。然亦有不坐轎而坐車者，車則必用紅套圍，非堂官卻不許僭也。要其坐轎坐車，則以貧富論，不以階級分也。緣坐轎，則轎夫四人必備兩班三班替換，尚有大板車跟隨於後，且前有引馬，後有跟騾，計一年所費，至省非八百金不辦。若坐車，則一車之外，前一馬，後或兩三馬足矣，計一年所費，至奢不過四百金。相差一倍，京官量入為出，不能不斤斤計較也。余初到京，皆僱車而坐。數年後，始以二十四金買一騾，雇一僕月需六金。後因公事較忙，添買一跟騾，月亦只費十金而已，然在同官漢員中，已算特色。蓋當日京官之儉，實由於俸給之薄也。

## 莊田有名無實

清室王公富有莊田，其地租歸直隸州縣代徵者不少。聞入關之初，褒獎功臣，准其跑馬圈地，凡馬足所至之處，即為所得之田。是徵服地民田，即為功臣采邑也。但王公佃之於民，設莊頭管之，又尤其府中管家家人統之。年深代遠，子孫不知田之所在，冊籍亦苦難勾稽。層層侵蝕，歲歲銷磨，則莊頭與管家富，而主人貧矣。憶在部時，八旗地租，州縣因催徵不力議處者，不少官樣文章，其民欠是真是假，無由詰也。溥倬雲嘗對余言：「我王府莊田有名無實，若照原額收租，我家何至如此拮据？」大抵天潢貴冑，凡事諉諸管家，猶之民間富貴人家，財產屬他人經理，不數傳無不中落者，其勢使然也。

## 閒散王公貧甚

王公及閒散宗室，例不許離京城四十里，並不許任外官，且不許其經商，所謂愛之欲其貴也。滿漢俸餉兩項，統計二百餘萬，漢人所得者十一萬有零。髮捻亂後，俸餉減成，光緒初年，旋復舊額，是滿人俸餉仍占漢人十之九，未嘗不可使之富也。誰知穀祿有定，而生齒日繁，不商不農，獨仰此俸餉為生，其何能給？嘗見滿員進署，半多徒步，其官帽怕塵土，罩以紅布，持之以行。每遇朝祭，冷署堂官蟒袍，竟有畫紙為之者。且閒散王公貧甚，有為人挑水者。雖勳戚世冑席豐履厚不無其人，其窮乏者究屬多數。可見食之者不寡，生之者不眾。初制之優待滿人，亦適以害之也。

## 皇親國戚生活苦狀

鍾傑人（英），余之鄉會榜同年也，由戶部先得京察，放湖南岳州府。渠本福州駐防，其老本家則仍在京，到京自認為本家。旗人最重科甲，故往來甚密。載公（瀾）即惇王之子，端王之弟也。瀾公與傑人之本家有姻親，多與傑人相往來。余偶與之相見，便拉攏交情，請酒送禮。又喜結交外官，李畬曾由工部捐知府，分發江西，渠為之寫信與德曉峰。畬曾後送以磁器，渠對余言：「李畬曾居然送我磁器，未免見外了。」實亦意嫌其薄也。傑人往岳州後，渠屢與借貸。當時王公實有窮則思濫之意。清制禁王公與外臣結納，歷朝諭旨，極為森嚴。光緒中葉，防閑漸弛，如瀾公者，實不一而足。

傑人又有親戚名惠某，莊順皇貴妃之內侄。莊順為醇邸生母，惠即醇邸表弟也。官兵部筆帖式，年甫二十，人極恭順。余問之曰：「汝亦算是皇親國戚，何以僅做筆帖式？」渠曰：「我與醇王至親，與惇王亦有親。但醇王窮，惇王尤窮，那比恭王為軍機，有些進款。我房子月租十二兩，惇王出五兩，醇王出七兩，餘外伙食隨意津貼。二王均無權，我安得不做筆帖式？」嗣余晤同部郎恩灝，問之曰：「惠某為醇王表弟，其貧如此；汝是慈安太后內侄，何以亦不闊綽？」恩曰：「不要說了。我家每年，宮中本有二千銀津貼，慈安太后去世後，尚給一二年。後因法國打仗，慈禧太后言國用乏絕，我之外家亦一概停給，此項津貼遂完了。去年我娶親，給我二百兩，此外毫無沾光。至於年節，我們卻有送禮，鞋子針線，卻花錢不多，宮中亦以餑餑等物見答。但太監往來，每次須四兩應酬耳。」余與傑人往來甚密，故於王公之情狀頗有所知。合觀此兩人之言，亦可印證。今因後來親貴之黷貨，遂不諒其族眾平日食貧之苦，亦未為公道也。

## 盛伯希好買古玩

丁丑同年盛伯希祭酒（昱），宗室名士也。人甚不羈，菲薄滿人，而喜與漢人為友。每謂：「窮奢二字，實可為我滿人寫照。愈窮愈奢，愈奢愈窮，此兩字當作如是解也。」渠為豫親王後人，家有莊田，其後亦不甚充裕，其言自有感而發。但其好買古玩，亦不得謂之非奢，特不俗耳。

## 人心瓦解由「破格」釀成

從前京官專講資格，原以抑幸進也。自仕途擁擠，而懷才不遇者，乃倡破格求賢之說，以聳動當途，而自為脫穎計。當時京中，遂有下詔責人、破格用我之謔。誰知親貴營私，即藉此破格為名，以便其顛倒而廣招徠。於是駔儈騶躋貴顯，皂隸亦溷衣冠矣。甚至姻婭膴仕手握兵符，竟任其棄城潛逃而不為罪者。是舉國家之爵祿刑賞，無格不破矣。人心瓦解，神州陸沈。何非此「破格」二字釀成之耶。種族主義，特其名也。

## 果讖，抑會逢其適

京師前三門，中曰正陽門，東曰崇文門，西曰宣武門。喜言讖者，謂清太宗天聰十年改為崇德元年，定有天下之號曰「清」，清以崇德始，以宣統終，「崇宣」二字，恰應崇文、宣武兩門額。且明以崇禎亡國，清以宣統遜國，亦是一讖。況順治以攝政王興，宣統以攝政王敗，此又莫之為而為者。然同治紀元時，髮捻之亂未平，人即有以順治、同治將成終始之兆為疑者，而後卒不應。其果讖耶，抑會逢其適耶？

# 往吉林查辦案件

余往吉林查辦事件，瀕行，寶師告余曰：「此役兩面受敵，頗不易恰好。但有一語相告，汝須牢記：凡辦案必須腳踏實地。奏摺中字字要有來歷，不可以意為之；倘後來翻案，方站得住。」余謹受教。到吉後，窮一月之力，檢查案卷數十箱，千頭萬緒，縷析條分，擬稿五十三開。事畢覆奏無異議。此案係吉林將軍長順與紳士臺灣藩司于蔭霖互相參揭，中更雜以御史賣摺一事，情節複雜，物議紛紜。先派欽差大臣，多託故不往。

後始以本部敬止齋侍郎（信）及工部汪柳門侍郎（鳴鑾）任之，余以掌印資格，派作隨帶司員，遂與同部溥倬雲同行。工部所派者，則為何主事（乃瑩）、丁主事（象震）兩人。另有刑部王郎中（鵬運）、徐主事（謙）兩人，因審案必須用刑曹也。欽差雖分滿漢，而主意出自漢大臣為多；階級雖分堂司，而辦事究以司官為重。余雖係滿大臣所派，而主稿則為漢大臣所推，除審案專屬刑曹外，餘事畢余一人任之。此案兩方面因互爭意氣而起，所謂化小事為大事也。其結果則紳士議處，將軍則附片請旨申儆；御史賣摺，審無確供，請歸刑部就近復訊。平心而論，官廳案卷，難保無彌縫之處，而紳士之控案累累，且所訐將軍，情節又多過當。就事論事，勢不能無所軒輊也。

## 軍機大臣啟秀

昆師與余甚相得，每見必暢談數小時。有一次，禮部儀制司司官因收地租事不詳查舊案，致鄉民赴部稟訴，此本小事也。時昆師與李文正公同為尚書，錢子密姻叔為侍郎，三人以司官之言為然。滿侍郎啟秀獨持異議，遂單銜具奏。乃派徐蔭軒中堂（桐）查辦。余充承辦司員，檢查舊卷，知禮部司官辦理實有未當，但事非一年，官非一任，請旨將堂司各官量予議處覆奏，奉旨：既係事非一年，官非一任，所有堂司各官處分，著即加恩寬免。

當查辦未覆奏之前，余例應迴避，不能與昆師見面。及事畢往見，曰：「皇上尚有恩典，汝何苦作惡人？但公事公辦，我不怪汝。惟啟秀本無行小人，此事之起，有謂其受人賄託者，我與高陽、子密三人力持不可，渠乃散布謠言，興風作浪，竟以此小事單銜入奏。軍機大臣亦小題大做，遽請查辦，殊為怪事耳。」余只可設詞敷衍而已。按侍郎單銜具奏，本為例之所許，但朝廷原可令其餘堂官明白覆奏，無查辦之必要，此必啟秀當時弄些手腳耳。啟秀亦翰林出身，由盛京侍郎調京後，驟升尚書，入軍機，卒以袒護拳匪，外人指為禍首，明正典刑。觀此人顛末，可知當日同部共事，邪正斷難相容也。

## 丁維湜囑託太監買差案

京中招搖撞騙之風最盛，謠言最多。御史風聞言事，無所避忌，偶一牽連，便難解脫。長安之居，不得謂非險地也。贊老奏參陝西考官丁維湜囑託太監買差一案，奉旨查辦，余與承審之役。此案發難極烈，萬目所視，頗難大意，而參摺只說風聞，尤難著手。研審逾月，始得端倪。緣丁維湜（記是山東人）與江西人饒士騰，均以編修考差，兩人同寓。適有素識之古玩店伙到寓，謂：「吾有太監門徑，可以買差。」丁富而饒貧，丁似有默許之意，饒亦未加攔阻，迨放四川試差之先一日，古玩店伙又來，謂說定四川可放，議價四千金。其實有無定約，訊無確據。迨次日，四川放人，與丁無與，則店伙之言為無驗矣。不數日，丁放陝西主考，店伙又來索賄，丁自置之不理。及丁差竣回京，太監日往古玩店吵鬧，道路紛傳，而參案成焉。

初審時，提饒訊問，饒自外省解來，一到堂，以不知情對，當時不得要領而散。詎饒回寓後便自盡，蓋一時憤愧。恐無以自明，便尋短見，殊可憫也。嗣提丁到案，一切不認。提店伙到案，亦一味狡賴。其實太監是真是偽，何姓何人，並無主名可按。再三訊鞫，始供出直隸秀才一人、剃頭匠一人，蓋店伙受之於秀才，秀才受之於剃頭匠也。秀才甚黠，一到堂，便說有關說情事，而以行賄未成為言；至太監係何人，如何索賄，則推之剃頭匠，渠一概不知。蓋劣生熟習例案，知雖認罪亦不重，省得吃眼前虧也。剃頭匠則矢口不承，連日熬審，跪鍊入肉寸餘，閱時三句鍾，而毫無邊際。問之丁，則曰：「渠賣的是四川，我放的是陝西，本兩不相涉。即謂放四川時，我有應許，究竟有何證據？」問之店伙，亦游移其詞。多方印證，始知店伙當日實有說合，丁實未峻拒。嚴詰丁，丁又言：「店伙當日不過隱約其詞，我即以正言斥之。事後索酬，特京中人訛詐慣技，何能定我罪案？」當告之曰：「伐國不問仁人。店伙敢於唐突，自非無因至前，且汝當時即應舉發。迨後來吵鬧，汝如果問心無愧，亦即應送究。」此等責備，雖是呆板官話，然既成參案，則官話安得不說。渠始無詞。後乃以不知檢束，議以革職。其餘人犯，以撞騙未成，分別擬以流徒完案。

## 九門提督之偵探，名曰「番役」

京師步軍統領，俗謂之九門提督。其兵沿綠營體制，俗謂之京營。其下有偵探，名曰「番役」，人多詬病之，然其認真辦公時，亦煞有可取。余承審賄買考官一案，其時查辦大臣係福中堂（錕）、徐中堂（桐），福為步軍統領。審案時，番役頭目前往供差，站在門外聽審。遇有犯人供出他犯時，堂上如詰其鄉里住址，及平日職業，加意研求，番役頭目即知意旨，便紛紛下鄉。明日再審，即帶其人來矣。問其如何辦法，則曰：「昨日由此坐板車，馳往鄉下，扮一賣油人，作為肩挑貿易，尋出線索，即帶之而歸。」蓋步軍捉人，向不出票，只由番役頭目（如管帶之類）用草紙寫數字，便可行使職權。其鎮壓地面，潛勢力固甚大也。

## 薛允升公子冶遊請託案

薛雲階尚書（允升）持躬廉樸，熟悉刑名，為法家之泰斗。時有一候選者，係六品捐職，喜結納，與薛公子相往來。後因招搖日甚，御史謂其與公子冶遊，並涉及請託詞訟，封章彈劾。奉旨查辦，所派之大臣，係吏部及都察院堂官，余與承審之役，在都察院集訊。御史風聞言事，本無佐證。該捐職上堂，只呼「革員冤枉」四字，矢口無供；且煙癮甚重，跪至一點鐘，頭上氣如炊甑，屢次暈絕，實礙難熬審。薛公子係內閣中書，上堂遞一親供，無可窮詰。提其僕，供尤游移。連審數日，毫無端倪，同臺御史竟指查辦為瞻徇。當時臺諫摧折大員，視為快事，一擊不中，他御史便再接再厲，習成風氣。

承審中亦有其同臺之人，尤感左右為難之苦。適有一日覆審，薛僕大鬧癖氣，當堂頂撞，乃笞之二十，而案仍無頭緒。於是同朝大官，嘖有煩言，謂查辦過於操切，卒以查無實據覆奏。平心而論，冶遊之事，薛公子不無嫌疑；而事過境遷，苦無佐證，不能據以定案。然當日臺諫黨見已深，勢焰尤熾，非笞僕卻無以轉彎也。余與薛尚書素無往來，有一日，與同召見，在板屋內少候，見面互致久仰之語，備極殷勤。且暢談大清律例與處分則例（因余官考功，是以及此），互相表裡，毫髮不能爽。津津有味，絕無介意，可見大臣風度，迥不可及。而朝綱未墜時，百政尚屬清明，雖纖芥之隙，難逃指摘之嚴。及今思之，不禁神往矣。

## 京師三銀庫

京師有十庫，而銀庫居其三。一係紫禁城內庫，存款百二十萬，備閉城日用，永遠不動也；一係內務府銀庫，專儲金玉珠寶，不藏銀也；惟戶部之銀庫，則專藏銀。余在京十九年，奉派隨同查庫四次，每次藏銀至多不過一千一百萬，少亦在九百萬以上。當時聚全國之精華，其現銀不過此數。余守蘇州六年，省有藩司、糧道兩庫，每年首府均奉派查過一次，且有前後任交代，一年不止查一次者。然兩庫所藏不過百萬。蘇州為財賦之區，而所藏不過如此，甚矣，中國之不富也。然當時政不繁，賦不重，雖不大借外債，而國計仍可勉力支持也。

## 庫兵竊銀絕招

京師銀庫防弊極嚴。庫設管庫大臣一員，以戶部侍郎兼之；設郎中為司員，下有庫書數人，庫兵十二人。庫書不入庫，而入庫者只有庫兵。外省解餉到庫，每萬兩聞須解費六十兩，卻非明文，不知庫書庫兵如何瓜分。然庫兵入選之日，戶部門外，必先有十數轆客保之去，防被擄勒贖也。庫兵之貴如此，似非區區部費所能養其廉，是非出於偷竊不可。庫兵之入庫門也，雖嚴冬亦必脫去衣褲；庫內別有衣褲，亦不能穿之出庫。出庫時，庫門設一板凳，跨之而過，示股間無銀也；且兩手向上一拍，口叫「出來」二字，示脅下口內均無銀也。

然其偷法有出人意表者，則以穀道藏銀也。法用豬網油捲圓錠八十兩，恰可相容。平時則向東四牌樓一祕密藥鋪買藥服之，謂男子穀道亦有一交骨，服之則骨可鬆。然油捲巨而銀之分量重，塞之於內，只能容半點鐘，工夫稍久亦便出亂。余初疑其說，同人告余曰：「汝不查過內庫乎？內庫庫兵不曾脫褲，因庫藏皆大元寶也。」余聞之，亦無以難。至冬間偷銀，又有抽換茶壺之一法。茶壺出庫，必倒開一驗，冬天凍冰，銀凍在茶內，雖倒開亦不墜也。其餘則重出輕入，天平上亦不能無弊。然無論如何，大數不能過差，查庫時須求適合，可見所偷亦有限。甚矣當日庫兵之笨，又未嘗不嘆當日庫兵之可憐也。

## 孫詒經之儉德

孫師以戶部侍郎兼管三庫。余初派查庫，往詢情形，語畢，師謂余曰：「今日太老師忌辰，上供有菜；汝留此用飯。」余以為必有盛饌也，及入座，六簋皆肉類。乃問曰：「上供之菜，僅如此耶？」慕韓曰：「浙人家食素儉，即此便算是豐的。」又一日下午，留余吃點心，乃以剩飯炒雞蛋相餉。戶部堂官，場面算是闊綽，而家食不過如此。師之儉德，可以愧當時之以八十金食一碗魚翅者矣。

## 緞疋庫庫存不可計數

緞疋庫，亦戶部三庫之一也。名曰緞疋，其實御用緞疋，皆藏於內務府之緞庫，茲所藏者，特備賞賜之緞疋，及官用之粗質布帛耳。庫中有樓，樓上積土不許打掃，土厚時則加蘆席於上。積二百餘年來，不知加席幾次，腳踏其上軟如棉，而塵則甚囂然。查庫時，堂官率同司官十餘人，分樓查點。每項多數千百疋，或以一二十疋為一捆，或以數十疋為一捆，查不勝查，不過抽查一二捆，點數而已。

有一日，余上樓查三綫羅，樓列數百捆，捆高充棟。余舉其最高者，指一捆，令其取下查檢。庫役緣梯而上，高舉布捆，倒擲地上，塵土墳起。時方盛暑，揮汗如雨，面目為之黧黑，蓋庫役嫌余苛察，故惡作劇也。溥倬雲怨余曰：「誰叫汝多事，致上此當。」余曰：「要認真，不能不上當。」一笑而散。三庫內，又有一顏料庫，所藏尤雜。凡各種材料皆備，檀香成堆，散布於地，然無人敢檢拾者。宣紙多數十年物，積疊如牆，聞其中有蛇穴居，每次查庫者皆不敢過問。年年貢品用之不竭，日積月累，幾不可數計。月要歲會，冊籍爽若列眉；其實偷漏抽換，弊竇固無可究詰也。

## 內務府大庫所藏

京師十庫，余均查過。內庫、戶部三庫之外，則有內務府六庫。六庫中，銀庫在弘義閣（太和殿有兩廂，東曰體仁閣，西曰弘義閣。因弘字避諱，不設大學士，故人鮮知其名）。庫藏最貴者為藍寶石，約兩指大，僅三片。金鋼鑽大如青果核者兩口袋。餘則金玉珠寶，璀璨滿目而已。磁庫內古磁，如宋元明所製，排列數十架，色色俱備。若南薰殿茶庫，所藏字畫尤多可觀。歷代帝王像，有盤古、有湯武，唐宋以下則較全。間亦有皇后像。此外如徽、欽二帝及李、杜小像，各十餘幀。徽、欽活畫蒙塵面目，李白面白而鬚稀，杜甫面黑而胖。又有吳三桂鬥鵪鶉小像，皆特色也。聞又有王右軍墨跡，及古畫甚多。因大雪天寒，不免有分班偷空時刻，則惜未能遍觀也。他如緞庫皮庫，記又有一顏料庫，皆視外庫為優焉。

## 京、通糧倉之弊

京、通十有七倉。京倉日積月累，米色紅朽，名曰老米，六品以下官俸及兵糧，皆取給焉。其米色好者，則儲於通州倉，以備宮中所用及五品以上官俸。京倉米既朽壞，京官領米不能挑剔，只付與米鋪打折扣而已。而兵米則不然，每次發兵米時，八旗都統必派員先看倉，此倉米色不對，則換彼倉。若此倉個個不要，則倉監督必當查辦。於是請託行賄，百弊叢生，計無所出，只有虧之於米而已。虧之愈甚，竟至有放火自焚者，謂米之潮濕能生火也。

倉弊愈甚，而訛詐倉官者愈多，倉監督形同傀儡。而從中了事者，則皆倉書也。總之，領米者不能得好米。八旗官吏，及參倉弊之被動御史，與夫倉官倉書，皆得錢也。憶癸巳倉虧案發，奉旨查辦，口說官話而從中黑幕，何曾是因公？米數固當查點，然數百倉廒，何能遍查？只飾其名曰抽查而已。惟到倉時，看其廒座外隙地一律鋪席，與緞疋庫樓意同。席上粒米狼戾，結成餅團，幾與糞土無異，任人踐踏而過。暴殄天物，迄今思之，猶為痛心也。

## 清朝帝后陵寢

余當掌印後，本部堂官有派勘估承修各項工程者，余多派為監督，亦習慣應爾也。工程之中，以陵工為最重，有另案工程，有專案工程。專案者，特別修理之別名也；另案者，歲修之別名也。東西兩陵，東陵有昭西陵，世祖章皇帝（順治）母后陵也，太宗昭陵在奉天，后陵在遵化州，是為奉天昭陵之西也；有孝陵，世祖陵也；有景陵，聖祖仁皇帝（康熙）陵也；有裕陵，高宗純皇帝（乾隆）陵也；有定陵，文宗顯皇帝（咸豐）陵也；有惠陵，穆宗毅皇帝（同治）陵也。西陵在易州，有泰陵，世宗憲皇帝（雍正）陵也；有昌陵，仁宗睿皇帝（嘉慶）陵也；有慕陵，宣宗成皇帝（道光）陵也。近日德宗之崇陵，亦在西陵之內。宣宗本在東陵寶華峪建萬年吉地，後因龍鬚溝出水，是以於西陵改建慕陵。凡後後死者皆另立陵，視帝陵之方向以定名。如孝貞、孝欽顯皇后陵，皆在定陵之東，今皆名定東陵是也。然兩陵不能無別，故特稱為普陀峪定東陵、普祥峪定東陵。余所云某東陵、某西陵者，即可例推。

至帝后生前所造陵，名曰萬年吉地，而繫之曰某某峪。萬年吉地既葬，則改稱某陵焉。東陵為余所到者。一曰景陵，陵前有九空橋。橋之北有宮門，入宮門則有隆恩殿，東西配殿各一。正殿後有鐵門，啟門而入，前排石五供一排。後即寶城，上有寶頂，如城樓形，左右有堞，下即隧道也。寶城之前，左右兩排，有十餘個紅土堆，圓頂如僧墓。詢之守者，云此即妃嬪墳也。妃嬪之墳名曰園寢，上蓋綠琉璃瓦，規模頗大，此獨附列陵內者，不知何故，守者亦不能言其詳。一曰裕陵，宮門外石人石獸最多。與他陵不同，前更有聖德神功碑亭一座，其下之贔屭項長逾丈，其制可謂巨矣。此碑惟皇帝有武功者則建之。西陵所到者，一曰泰陵，一曰昌陵，一曰昌西陵。昌西陵只一圓頂，無所謂寶城也。東陵之孝陵，樹木蔥蔚，一望而知為王氣。若惠陵，則顯豁呈露，一覽無餘矣。西陵之慕陵，聞最簡樸，宮殿均不油漆，寶城之制亦殺。蓋宣宗素尚儉德，寶華峪出水之後，重惜物力，故改作一切從簡。兩陵地勢，以東陵為雄壯，西陵則較平衍也。

## 陵寢歲修工程

余承修東陵另案工程，中有景陵東配殿，在應修之列。到陵一看，殿中不過有滲漏痕而已；而西配殿檐瓦破損，油漆黯淡，並不請修。細詰其故，乃知西殿保固期限未滿，不能報；東殿保固期滿，不肯不報也。然即報修兩陵工程，每歲各不能逾萬兩。各陵請修之案，但一過保固年限，便設詞要求。而勘估大臣斟酌款項，各陵中強為分派，遂不免有遷就之意。然因此敷衍之故，罅漏不補，積久傾圮，釀成專案工程，則用款非巨萬不辦；此亦勢迫使然也。陵寢歲修，題目不為不大，而儉嗇如此，可見從前度支，部章極有限制，固未嘗用若泥沙也。

## 祈年殿規模宏壯

余所辦工程，以祈年殿為最巨，工費將及百萬。祈年殿者，即上辛祈穀壇也。壇為雷火所擊，全體毀焉。或云守者舉火於殿額後割蜂蜜，以致失慎，然事後莫能詰也。殿柱本用楠木，近時無此材料，以洋楠木代之，橫臥於地，對面不能見人，其圓徑之巨可想而知。殿頂以金鍍之，在庫領金六百兩，中可容數十人，甚矣規模之宏壯也。

## 京師貢院之維修

京師貢院，余會試時已極破壞。號末座位離地僅及尺，號壁崩蝕，棹板不能安，每以帶懸板於樑，以置筆硯，可謂苦極矣。雨天滴漏，尤為不堪，每科必有工程。余念過來之苦，於承修時，曾於應修之號，各捐灰一斤以益之。乃匠人巧滑，改用灰水，將全號屋頂一律刷之，以致無從覆驗。偷減掩飾，愈修愈壞。後經全體改造，煥然一新。余亦與其役。當未改造時，人言明季因修貢院而國亡。有清一代，相戒不敢改造，似以仍舊貫為宜，當時多以迷信斥之。誰知國未亡而科舉先廢，亦可怪也。

## 欽差馳驛之苦

從前欽差奉旨馳驛，查辦事件，及隨帶司員一併馳驛者，出京時，兵部給以勘合，以為馳驛之證。兵部仍奉旨咨行督撫，督撫即轉飭首驛，州縣遞驛迎送欽差隨員並僕從。照例均須乘驛馬而馳，然欽差與司員，則縣必供備車轎，因驛馬萬不能騎也。沿途日食，由縣領款預備，作正開銷。以官階之大小，定膳費之多少，日不過數錢數分已耳，而縣則必以酒席相待。卻之便無所得食，不能矯情也。惟每過一站，仍應取地方官印結，註明照例供應夫馬，並無額外多索字樣。縣未出結，便不敢行，因需索例有處分也。定例甚嚴，而事實相左如此。

每次欽差出京，沿途州縣辦差，每鬧賠累。欽差回京，必有謂其濫受饋送。滿載而歸，甚有以濫索供應見諸參案者。而出差者則謂長途遄征，備歷寒暑，而每日之兩餐一宿，欲求稍稱人意，殊不易得，且謂行路種種艱難。閱歷稍淺者，不無偶動肝火之時，而旁人每以為癖氣太大，不能相諒。故老於出差者，必以忍耐二字相規勸。兩面各持一說。余初亦疑信參半，迨自吉林歸，乃得其究竟焉。今姑以余所歷者言之。

吉林之役，余隨節前往，上下吏役約三十二人。七月暑氣未衰，途行尚熱，奏請搭官輪，由天津赴營口起旱，可省十二日程途。誰知道營口時，雨後泥濘，車轎皆阻。將就雇小船行河曲，而船遲二百四十里水程，閱八日始到奉天。途中，伙食船隨後並進，暑天穿叢葦中，野蟲橫飛，環撲刀砧，與魚肉相攙雜，食之不能下咽，日只熬粥，以鹽菜侑之。及到奉天，軍隊出接，結彩燃燈，迎入公館。館中陳設，卻有半假半真字畫，及醜菊數盆，房舍亦尚潔淨。少頃，將軍及五侍郎送燕菜席來，每人不止一席。例菜無味，大半糟蹋而已。歇兩日，整理長途行計，乘間拜客，忙無暇晷。行時，將軍派兵一營護送，氣象亦尚堂皇。唯住宿時，戎幕圍守行館，按更擊鼓鳴鉦，擾人清夢，亦一苦事也。

自奉天至吉林八百里，而按站遄征，將及二十日始到。每晨起催齊夫馬，非辰正不能啟程。午到尖站，意謂一飯即可行也，乃又催齊夫馬，每挨到申初而始就道。各站里數長短不同，竟有遲至初更而未到站者，數根火把黯淡無光，過橋過澗備歷危險。亦有站短日未斜而即歇者。有一次，勒令其趕前三十里，到時則食宿種種不備矣。此行路不能自由之苦也。尖站宿站，每站必設行館，高張標榜，美其名曰「行臺」。所謂燃燈結彩者，門前掛四盞紅洋布宮燈，屋頂或牆壁蔽以五色洋布幔，聊以遮掩眼目而已。甚有臥房之後，即係牛欄豬圈，而以篾篷隔之者。若遇大市鎮，有民房可借者，亦甚罕。唯便溺之器，則必飾以紅布，或用紅呢，此其所以示敬也。至早晚兩餐，例菜八大八小，且席多隔日預備，絕無新鮮者。路過錦州希寶成太守（賢），擾其一飯，較可果腹，餘則半飢半飽，日度一日而已。此沿途食宿之苦也。

到吉林時，文武各官來接，將軍在接官亭跪請聖安，後即逕入行臺。封門辦事，每日只進水菜開門一次，嚴密關防，迴避一切。膳費奏明由省庫按照部定數目撥給，由本地代辦，事畢算賬。下馬之日，則送滿漢席一次。餘日自備家常便飯，尚可博一飽也。吉林產人參皮貨，價甚賤，門役有持來售賣者，同人無貲，不能多買；亦以歸途過崇文門，恐檢查被謗也。辦公一個月畢，覆奏拜摺後開門，將軍仍送席一次。差片送行，欽差隨員各送《太上感應篇》一部，不敢饋贐，以是將意而已。次日出城，到接官亭，將軍寄請聖安，禮畢，即時就道，仍按驛到奉天。奉到批摺照辦，即照正驛入山海關到京。計往返恰滿百日，亦可謂辛苦備嘗矣。

人言欽差到境，供應何等奢華，饋贈何等豐厚，自屬大謬不然。而功令森嚴，束縛馳驟，實不免徒滋流弊。平心而論，出差者明知沿途供應已屬例外，即稍委曲，必不敢再事苛求；而州縣應官務求了事，絕不肯鬧出是非。而辦差家丁覷破此旨，遂從中大試手段矣。飲食車馬，每藉口於京僕之苛索，以欺本官；而其對待京僕也，過山禮門包名目。聞京僕出京時，必抄有底賬，辦差者必不肯痛快照給，京僕持之急，則以不給印結為抵制。相摩相盪，似皆以「夫馬不齊」四字為媒介，臨時煞費周章。此次途中，余每夜微服偵訪，卻無明白爭論規費之事。至臨行之夫馬遲速，事屬白晝，無從察察為明矣。

## 督撫、主考、學政馳驛之苦

督撫、主考、學政照例馳驛。但主考官階較小者，其受屈情形最甚，回京時絕不肯告人。潘耀如太守（炳年）曾出廣西試差，余與之談驛站情形，及規制束縛之苦。渠曰：「誠然誠然。我到過一縣，僕從因挑剔供應，知縣竟翻臉不給印結，我只得與之賠禮而行。其實一人如此。」而每科之鬧衝突者，必不止一人也。學政則幕友僕從人數較多，其沿途情形必不能熨貼。汪侍郎曾任廣東學政，所言經過情形，亦不免長吁短嘆。廣東尚且如此，他省更可知矣。至於督撫，則威權較大，似州縣無不加意奉承。然余在南安時，陶子方制軍（模）到粵督任，路過南安，由大庾縣辦差。余照例送之到大庾嶺行館，冷靜與逆旅無異。余並不饋贐，渠尚送文集一部，答謝地主。可見督撫過境，亦不盡驚天動地也。後來輪船通行，督撫學政多奏請自備資斧，改坐輪船者。可見「馳驛」二字，實官員之苦事也。中國人多不曉中國事，隨聲附和，一味盲從，大都類是，言之可笑。

## 中央輪值制度

值日之制，以八旗而定，因之六部、內務府、理藩院，亦各值一日，而以九卿各衙門附之。譬如初一日則吏部、內閣、翰林院三衙門，省文曰吏內翰；初二則戶（戶部）通（通政司）詹（詹事府）；初三則禮（禮部）宗（宗人府）欽（欽天監）；初四則兵（兵部）常（太常寺）僕（太僕寺）；初五則刑（刑部）都（都察院）大（大理寺）；初六則工（工部）鴻臚（鴻臚寺）；初七則內（內務府）國子（國子監）；初八則理（理藩院）鑾（鑾儀衛）光（光祿寺）。皆以兩三衙門，省作三字，口熟易詳。

此外則總理各國事務衙門，係屬新設，且事關外交，有要事當隨時陳奏，不以值日拘也。凡遇值日，所有奏摺即於是日呈遞，堂官亦遞綠頭牌請安，有召見即留牌，不留牌則不見。此正班也。若有要事，則不待值日亦可加班，其遞牌遞摺之法，與正班同。尋常只此八班，值日周而復始。若遇令節慶典及特別事故，則推班一日，先期則傳旨：某日推班。次日仍接原班遞輪。司官遇值日，有緊要公事稿件，並帶領引見者，均於是日丑寅之間進內。散班時，冬天不過黎明，夏天不過日出。至於聖駕謁陵，仍照常值日奏事，在路上行，則改為辰刻辦事；一到陵上行宮，仍舊丑正遞牌。清朝勤政，固超越前明也。孝欽太后重出訓政，引見遲至黎明，則微露倦勤意矣。

## 六部中以戶部待遇較優

清廷仿周禮六官之制，設立六部，名曰吏、戶、禮、兵、刑、工，俗語以富、貴、貧、賤、威、武六字分配，群信為吻合。然吏貴而戶富，兵武而刑威，此其易知也。工部專管工程，職務猥瑣，以天下賤工目之，亦尚恰稱。惟以禮部為貧，頗費剖說。京官廉俸極薄，本無貧富之別，而所賴以挹注者，則以外省所解之照費、飯食銀，堂司均分，稍資津貼耳。各部之中，以戶部為較優，禮部尚書一年千二百金，侍郎一年八百金而已，此其所謂貧也。今則六部改為十部，而禮部初改為學部，後變為教育部。各部政費比前清多幾數十倍，聞尚別有進款。教育部則較遜，恐亦不免於貧也。

## 吏部四司以「喜、怒、哀、樂」視之

吏部四司，人以喜、怒、哀、樂四字目之。謂選缺補缺，喜也；議處分，怒也；丁憂，哀也；得封典，樂也。恰合分際，何等超妙。承平時，閒曹無事，吐屬風雅，思之猶神往也。

## 《大清律》絲絲入扣

余曾讀《處分則例》及《大清律》。初讀第一條，便掩卷思之曰：「這樣情節，如此處置；若犯那樣情節，又當如何處置？」旋讀第二條，而那樣情節，便有處置之法，緊接而來，絲絲入扣，毫髮不爽。可見當日字斟句酌，煞費刪定，非僅一二人起草之功也。

## 「值宿」官員之清苦

余初到吏部，例應學習三年。學習期內，所當之差，以當月為最多。「當月」二字，殆即古所謂「值宿」也。每日滿漢各一員，滿員早起赴內閣送題本，多不住宿；漢員則在署住宿，兼監用印。所住之處，即名曰當月處。屋只兩間，外間排一公案，為用印之所；裡間設兩炕一印櫃，凡堂司印箱均匯在一處。各司有用印，則另有一牌來領。此即當月公事也。屋極湫隘。每日下午接班，晚餐菜只一碗兩碟，次早又一餐。次日下午有人接班，即出署。夜間闔署闃無一人。此差當至得主稿時，始得擺脫。回想當年清苦情況，恍如昨日。然從前京曹循資按格，毫無假借，人人各守本分，安之若素，境雖清苦，而心實太平也。

## 事權究屬漢員

部務雖分滿漢堂司，而事權究屬之漢員，且尤以漢司員為重。麟芝庵相國（書）好動筆墨，每喜改余稿。有一日在朝房，欲動筆改奏稿二字，余不覺大聲呵之曰：「不能！」渠遂擱筆而止。溥倬雲出而語余曰：「雖是漢掌印，那能如此專橫？」余曰：「奏稿不能將就，頃間亦急不能擇耳。相國與我厚，當不我怪也。」相國人本圓通，遇事頗好通融，每低聲與余斟酌，余曰不可，渠亦不敢強。余屢拂其意，然與余終相得，蓋其相度之謙沖，固不可及也。平心而論，滿員得好處，固占便宜；而主持公事，未有不讓漢員者，漢人固不弱也。

## 部吏嚇詐外官取財

余少時記性尚好，部例只看過兩遍，其犖犖大者，時常引用，固不必言。即瑣碎條例，及近十餘年成案，皆能得其大意。而書吏往往摭拾瑣碎例案，於稿尾挑剔數語，以「例有處分」四字，查取職名議處；一面則寫信外省，嚇詐取財。外官豈盡明白？動中其彀。余當掌印後，例案既熟，年力正富，頗有一目十行之能。故每日例稿，必有四五百件，應畫者皆能於一時許了之。而遇有此等稿尾查筆，必取而勾之。吏每有執簡爭者，余曰：「汝要寫信耳。我在此，豈能容汝作買賣耶！汝謂我違法，我便違法何如？行法當得法外意，此等零碎條例，無關輕重，汝謂我不知耶？」故終余之任，部吏多有叫苦求退者。然十數年來，外官免花兔枉錢，不知有多少也。

## 吏部拿辦索賄部吏

余在吏部，曾充司務廳掌印。司務廳固管全部胥吏也。時廣西提督馮子材，以部吏寫信索賄奏參。密旨令吏部堂官拿辦。日將夕矣，徐蔭軒尚書（桐）、許筠庵侍郎（應騤）尚在署未散，乃以「沈錫晉」三字告余曰：「此廷寄飭拿之部吏也。」余曰：「部吏寫信索賄，決無真名，在署萬難弋獲；須得其住址，或可圖也。」尚書乃復寫出「炭兒胡同」四字。余又曰：「一人不能獨行，須滿掌印同辦方可。」乃同滿掌印惠樹滋（森，後任浙江運使）同出城，訪北城坊官，不遇。不得已，先回寓晚飯。

少頃，坊官來寓，告以來歷，坊官極力推託。余告之曰：「坊官未有不識部吏者。此廷寄所交拿也，汝其敢抗乎？」坊官曰：「炭兒胡同卻有兩個姓沈者，但未知那一個是部吏。」余怒其詐，乃厲色與言曰：「汝既知有兩個姓沈，則那個是部吏，汝豈有不知？我不能為汝指實，汝自裁之；若賄放，則罪汝無赦。」臨行又告曰：「此欽犯也，須帶一穩婆往。若本人脫逃，可帶其家屬來。」在當時，亦不過故作嚴厲語耳。誰知坊官前往圍門搜拿，該吏卻在家，潛匿內室不敢出，穩婆入於床下得之。明日覆奏，上乃大悅。蓋前數日，戶部亦有似此之案，上面諭戶部侍郎密拿。侍郎一人到部，下車，坐於車凳，攔門口，禁人出入，而遣人入署搜捕。卒以不得主名，致被脫逃。當時都下喧傳，遂有戶部堂官不及吏部司官之語。余曰：「此亦偶中耳。堂官固拙，司官亦未必甚巧也。」

## 吏部之吏

吏部之吏有兩種：一曰經承，一曰貼寫。經承如鋪戶之東家，貼寫特如夥計耳。貼寫專辦公事，且須例案熟悉；而經承則不然，專管紙張，及貼寫之工食。官中紙張工食之費，每季每科不過十餘金，而每科一經承，須雇數十貼寫。公費不足，則須經承賠補。然經承缺出，必須由貼寫掣籤而得。貼寫一得經承，則宮室車馬衣服，均有人為之代備。謂經承可以藉寫信而索賄也，但索賄之得與不得，及司官之精明與不精明，亦即看經承之財運如何耳。故有一得經承而轉致傾家蕩產者。

非謂部吏便可悍然舞弊也。且京中人類不齊，尚有藉書吏為傀儡而中飽分肥者。非謂部吏遂能獨得好處也。世人不察，遂謂部吏未有不富，且謂部員未有乾淨者，皆聱說也。余嘗指署額「清吏司」三字（凡部必有司，司之額必曰某某清吏司），謂人曰：「吏濁而官能清之，官濁而吏亦能清之。然吏濁而官或糊塗，尚有不清之日；官濁而吏總明白，萬無不清之時。」謂吏亦能告發也。後來書吏盡裁，而辦稿屬之司官，卒有司官得賄之案。所謂知其一不知其二是也。

# 書吏陷害典史

從前命盜案處分極嚴。命案限六個月，盜案限四個月，為初參；展一年則二參；又展一年則三參；再展一年則四參。盜案尤嚴，初二三參，不過住俸降留小處分，到四參，則降一級調用。有級可抵則抵，否則實降知縣為印官，典史為捕官，印捕同一責成。故為知縣典史者，必先預備加級，以待四參抵銷之用。時有四川典史，任內有四參三案，而加級亦有三次，恰可備抵。乃部中作為四案，不敷一級，議以實降一級，即作為革職開缺。

後典史不服，稟川督，咨部詰問，部即開明某案某案，事主某人被劫，列單咨覆。該典史乃又稟，由川督聲明，部單所開事主王曾慶被劫，川中並無此案。後詳細覆查，乃知前單所開王曾慶，即曾慶所訛也。因部中抵銷加級時，只憑書吏寫一浮簽，書明事主某人被劫，四參應銷一級。將原稿封冊無訛，便將浮簽貼上，由看冊司員加一紅點，即為了事。此案典史本有三級，彀抵三案，而書吏故意將曾慶一名連上。事主主字作王字讀，故曾慶一案，變出王曾慶又一案矣。此固看冊司員糊塗，然亦由案牘太繁，書吏巧於作弊故也。書吏寫信嚇詐，當時必是此典史自恃級恰彀抵，不肯花錢，渠乃設計陷之也。後將書吏革辦，而典史開復，然已吃虧不少矣。部中案繁，不能一一蓋印，多以司官紅點為憑。部吏舞弊，只能抽匿文書，卻不敢捏造紅點，謂一捏造必至破案，蓋其迷信然也。然此種辦法，余早不以為然。及遘此事，乃籌公款九百金，改造一完全官冊，而弊無從生矣。

## 清理數十年冒名請恤者

軍事平定，朝廷論功行賞。陣亡殉難者，皆得分別請恤。凡賞世爵者，則有公、侯、伯、子、男之封；賞世職者，則有輕車都尉、騎都尉、雲騎尉各等次。其陣亡者，則於襲次完時，給予恩騎尉，世襲罔替；其不願襲恩騎尉者，准改為文武生，一體應試。髮捻之後，凡尋常剿匪陣亡殉難者，亦得陸續請恤。其官階大者，無不隨時給恤；其微員末秩，必待督撫調取宗圖冊結報部，方准議恤。原以防弊混也。歷時已久，積牘日多，部中僅憑督撫咨報，即行檢查，閣抄清單有名（督撫彙案請恤原奏，奉旨交議，由部向內閣抄出，謂之閣抄。另有清單，則臚列銜名也），即不能議駁。此事專歸驗封司主管。

余掌印後，奉行故事，初不以為意，後乃日見其多。按其年月，多在二三十年以外，且驗閣抄清單向不蓋印，亦疑有抽換情弊。如果內外書吏交通，是此項恤典源源不絕，將來冒濫，不知何所底止。遂檢查檔案，當時陣亡殉難未經議恤者，尚有八千餘員之多。因思該故員等，既經請恤有案，只因宗圖冊結未經咨部，停其議恤，對於死者已不無缺撼。且因此懸待圖結，轉使冒名請恤者，得因之作奸，殊屬兩失。乃決將圖結未到之八千員，先行議恤，仍俟圖結到時，再准其承襲。如此則死者無憾，而生者亦不得冒濫。否則驗封司來一案議一案，議一案至小亦一雲騎尉，便可變一文武生，是驗封司掌印，直不止一省學政權力矣。乃商之徐蔭軒尚書，則蹙眉言曰：「一案便准八千餘世職，未免太寬。」余曰：「寬此八千餘世職，尚有盡時；若不寬，則迭起循生，可以濫到八萬不止。看似寬，實從嚴也。」剖說數次，終遲疑不決。後復商之徐忠愍侍郎，一說便了解。余曰：「此本是驚人之筆，正堂意在躊躇。我們不如縷說情弊，改為請旨，上頭如有疑問，臨時即可詳晰以對，不至碰釘。」侍郎以為然。旋遍商各堂，均尚認可。摺上，遂准如請辦理，數十年之積弊，為之一清。可見司官辦事，只要無私，不怕無權也。

## 京察制度與辦法

京察三年一次，以子午卯酉四年為定期。每屆應辦年分，吏部將在京尚書、侍郎、都御史、內閣學士、副都御史及盛京侍郎為一本，在外兼京銜督撫為一本，繕具簡明履歷清單請旨。其三、四、五、六品京堂，及內閣讀學、翰林讀講學、庶子、府丞，繕具簡明履歷清單，通為一本。具題後，一、二品大員則明降諭旨黜陟，京堂等官則帶領引見。有奉旨議敘者（議敘加一級，從優加一級，紀錄二次），有照舊供職者，有原品休致者，均有一番進退。其五品以下之翰詹科道，及各部暨閣府院各衙門人員，並小京官筆帖式，先由各堂官填明守、政、才、年四格，分別一等勤職、二等稱職、三等供職字樣，並六法應議人員，造冊密封，送部及都察院吏科、京畿道，限封印前送齊。開印後，吏部定期知照吏科、京畿道封門磨對，吏部則在考功司封門磨對。畢，吏科、京畿道前赴考功司面議。事竣開門，再由吏部堂官會同大學士、都察院堂官、吏科、京畿道考察。先期傳各衙門人員在吏部大堂，以次過堂唱名。其在一、二、三等者，於過堂時，吏唱「應留」二字。過堂畢即定稿，將應留之員，照考語等第，繕黃冊進呈。其填注六法者，亦由本內照例議處。

奉旨後出榜宣示，一不謹及罷軟無為者俱革職；年老有疾者俱休致；才力不及者降二級調用；浮躁者降三級調用。其有年過六十未得一等者，則歸老人班，另行引見，或照舊供職，或原品休致，臨時候旨。至於引見，則先盡京堂，余則分期分班帶領引見。如引見圜出之員，仍再覆帶一次。記名後奉旨以道府用者，則由軍機處遇缺請簡。三載考績，黜陟幽明，其猶行古之道歟。每屆封門考察，余充幫印時辨過兩次。丙午幸厠一等，例應迴避，則未之與焉。

## 京察勒令休致者甚少

有一屆京察，余帶領老人班。有一欽天監官員（官階姓名，今已忘矣），年報九十五，精神強健，步履稍差，每過一門，必蹲下一歇，方再行。及引見，背誦履歷，一切如常；惟起立時一跌，幾有兩足朝天之勢。御前侍衛即欲下階干涉，余以全力急掖之而退。是日奉旨，仍准照舊供職，可謂天恩高厚矣。蓋此輩所以戀棧者，為靠俸米以養餘年也。當時政尚寬大，每屆勒令休致者甚少。此老人於次日，即步行出城，到鐵門寓所道謝，亦感激余一掖之力也。

## 京察筆帖式引見

德宗性甚急。有一日，帶領京察筆帖式引見。先期宮門抄傳，明日寅正看板（祭祀前日看祝版）。大家以為，引見必在寅正看板之後。余以掌印須先預備，乃於丑正往，而到外朝房時，徐蔭軒尚書敬止齋侍郎已到，正在著急，曰：「太監已來催兩次，說是今日先引見，再看板。大家皆拿定時刻，不肯早來，如何是好？」余曰：「姑且進內再說。」迨入東華門一查，引見者卻到得不少，而帶領引見者，並無一人。所幸者，當小差事之筆帖式尚有幾人。余乃勉強分派，向之兩人帶一班者，今只令一人先管一班，到臨時再行騰挪。甫就緒而皇上升殿矣。黑暗之中，十分遷就，好在引見者均是京官，情形熟悉，故得敷衍了事。當甫入東華門時，茫無頭緒，余一人奔馳乾清門及東華門內外，路約數里，往返數次，氣喘而腸似欲絕，必蹲下一歇，方能再走。然後悟當日老人班老人過門一蹲，其苦況亦如是也。

## 部院辦事按部就班

部院公事，向皆按部就班，不許稍有假借，否則參案隨之。憶甲午京察，翰林院保送人員已過堂，即日須咨送部院匯題矣。乃掌院忽聞所保一等中，有一鄂人，已經被參，意欲易人。麟、徐兩掌院皆吏部堂官，麟乃到徐私宅，約余一人前往。時已申初，寒暄數語，即提及翰林院京察：「我們意欲臨時更易一人，何如？」余曰：「翰林院京察，昨日聞已過堂，如何複議易人？」麟曰：「過堂究未宣布，豈能不容我們斟酌。」余曰：「不然，保送一等堂官，必係真知灼見，寧能於一二日之間，忽有游移。況過堂雖未將等第明白宣布，而填注考語，等第分明，書吏豈有不知？書吏知之，即與公布無異。若要更改，須指出事實方可，若以意為之，似非所宜。」麟曰：「此人保出，頗有窒礙，奈何？」余曰：「中堂之言，其殆為某人被參之事乎？此事我亦有所聞。究竟有無其事，尚不可知，且即有之，查辦是否得實，亦未可知。若僅據傳聞，即將一等換人，將來更多窒礙。」徐曰：「保人本要慎重，臨時更正，自亦慎重之意。若明知故犯，那有此理？」余曰：「不然。慎重指平時而言，今既過堂定案，因人言而忽游移，明是規避，何得謂之慎重。且如今日更正送部之後，過數日，又聞一等內復有被參者，豈能取回再更正耶？」立談移時，終不能決。

時已上燈，余急欲出城，乃侃直言曰：「以愚見度之，今日咨文必須送部。將來其人如果被參獲譴，翰林院濫保一等；如果有人指參，則兩位中堂應照濫保例，降二級調用。然以中堂位分，自必加恩，改為降留，或改為革留。若必臨時更改，將來被人參奏，則『規避』二字完全私罪，例應革職，即或加恩，將何以自解？況京察只按目前資格，分別等第，本無從徇私，若必強用手腳，是無私而為有私矣。請兩害相權可也。」兩中堂均以為然。乃傳呼院役，即刻用印行文，余便急騎出城。後來鄂人參案亦不見明文，但引見時不記名而已。可見當時部院辦事何等鄭重，豈能遇事必有黑幕哉。

## 察外官謂之「大計」

京察，察京官也。察外官，則謂之大計，以丑未、辰戌行之，亦三年一次。屆時吏部題請通行各督撫府尹辦理。藩、臬二司由督撫出考，繕具履歷清單，咨部匯題；其運使道府以下等官，督撫將應舉應劾之員分為二本，送內閣具題。奉旨後，吏部會同都察院吏科考核題覆。其得卓異者，由部調取引見，所擬旨意，則定以加一級回任候升。其六法人員則由部分別開缺。此等制度亦古考績之意，但奉行日久，舉者多而劾者少，劾者固當去職，而舉者候升只成空話，稍失黜陟本旨耳。余在江西得過卓異兩次，在蘇州得過一次，自係老守資格，但三次俱未引見，並「候升」二字亦未邀恩也。

## 魯伯陽被參案

凡放缺放差，必由軍機進單，御筆圈出；若單內無名，便不能放。有一日，上海道缺出，上要放魯伯陽。軍機大臣曰：「魯伯陽單內無名，不知何許人，似不能放。」上曰：「汝再查之。」次日，軍機上去，言復如前。上曰：「魯伯陽係江蘇候補道，李鴻章曾經保過。」軍機曰：「既係江蘇候補道，須電詢兩江總督劉坤一再定。」嗣劉覆電到，謂卻有其人，是日遂特簡焉。軍機出來，不免有一番議論，語便外揚。於是物議紛紜，有謂其用廿萬金運動者，有謂其目不識丁者，而御史之參奏上矣。不得已，乃令送部考驗。

凡吏部考績之事屬考功司。「考驗」二字與「考績」相仿。魯到部，即由余與滿掌印惠樹滋帶到軍機考驗。旋以候補道發往直隸，交李鴻章差遣委用，而上海道之缺開矣。同時又放一四川鹽茶道玉銘，後亦因資格不稱，被參開缺。是時德宗親政，珍妃得寵，聞有暗通聲氣之事。雖無確據，然不數日，珍妃被黜，妃兄志伯愚學士（銳）放烏里雅蘇臺參贊去，或云事為慈宮所聞也。京中好事者作一七絕，首二句云：「一自珍妃失寵來，伯愚烏里雅蘇臺。」蓋隱刺其事也。可見破例簡放者只此二缺，即被參開缺。當日御史未嘗無威，且專制時代，軍機亦未嘗無權也。

## 有清愛惜狀元

狀元三年一人，本無足奇，而俗每羨慕之。狀元拜客、散殿試卷，博人歡迎，習俗移人，賢者不免。某科某狀元到滬，拜客遊宴，不免軼出範圍，經御史奏參，奉旨查辦，交部議處。時考功掌印為盛蓉洲前輩（植型），幫印為李小硯前輩（端遇）。掌印意在保全。謂例無專條，難以重處。李曰：「挾妓飲酒，照例革職，有何難辦？」盛曰：「查辦覆奏，無挾妓字樣。遊宴二字，何能遽斷為挾妓？」李曰：「無論如何，不議以革職，我不畫稿。」爭論數日不決。有一日，余到寶師宅畫稿，談次，師告余曰：「汝考功司掌印幫印，因狀元事鬧意見。汝以為何人有理？」對曰：「幫印亦不能謂之錯。」師曰：「司官之有掌印幫印，原以互相牽制。幫印如果執簡而爭，堂官亦無如之何，況掌印乎？且幫印說此人有玷清班，不足顧惜。」言之亦自成理。

但開國以來，二百餘年，未曾辦過狀元，大家為欲顧全朝廷體面，卻非有意徇私。惟我是管部，諸事應讓正堂主持，初無成見也。余當時未得幫印，不便自惹是非，到司後不復提起。不知後來如何調停，乃援私罪不應為而為，事理輕者，罰俸九個月，加等，議以降一級留任，而狀元保全矣。事後，余與戴藝甫（錫鈞）在司戲言曰：「不應為而為私罪，律有兩條：不應重者，降三級調用；不應輕者，罰俸九個月。今議由不應輕加等，是不欲重而又不敢輕，謂之不應中可也。」李聞之大叫曰：「汝不要奚落我，我未當掌印，算我倒運便是；然議到降留，尚是顧全幫印面子，有何理可說！」李係山東人，素性戆直，此次之爭，清議多韙之，後升太常卿，疊掌文衡，未必於此事無關係。當時朝中大官，實為狀元二字所迷，成此謬舉。及今思之，有清愛惜狀元，可謂仁至義盡，蔑以加矣。

## 樞臣與部臣有意見

從前勞績保舉之案，必交部議奏，部必照例准駁；督撫仍頂奏乞恩，如仍交部議奏，部必仍駁之；若再三陳請，得旨著照所請獎勵，部便不駁。然遇例載雖奉旨允准，仍應請旨更正者，則又不能不更正，部只守例而已。醇邸當國，時孫文恪頗用事，意欲裁抑部權，凡遇保案，多有特旨逕准者，而部例有應請旨更正者，竟批云無庸更正，可謂樞臣極端專制矣。於是樞臣與部臣遂不免有意見。盧栗甫前輩其時充考功司掌印，適當其衝，乃以複議御史屠（仁守）處分過於輕縱，交都察院議處，而盧落職矣。樞臣之意，以盧某平日議他案多從刻，何獨於此案從寬：？且盧、屠均係鄂人，顯是袒護同鄉。如此口吻，直遷怒而周內之耳。然此等衝突，不過暗中風潮，不數時而漸平息。蓋其時朝綱整肅，說公道者亦自有人也。

## 保案歸吏部核定准駁

從前文職保案，歸吏部核定准駁，文選、考功兩司分辨；獲匪保案，則專歸考功辦理。案初到部，檢查本員履歷為第一關鍵。查畢則照呆板例章辦理，毫無出入。余每遇一案，多者百餘員，少亦數十員。決以二三時，親手批定，如有舛錯，再由同人檢校一次。絕不假吏胥之手，亦不耽擱時日。其有被駁者，每因聲敘不明，或被本員蒙報；亦有督撫因尋常勞績，堅請異常勞績者。文牘往來，徒滋繁瀆，余復手定獲匪保獎章程，通行各省，詳晰說明，使人容易了解。故定案極速，書吏雖寫信撞騙，時間亦來不及矣。

## 吏部需索之因

從前部費名目喧傳外省，一若部吏手眼絕大，竟可顛倒是非。即在京京官，亦尚有疑信參半者。部吏以寫信撞騙為生涯，事誠有之；然有犯必懲，遇有牽涉，即送刑部，毫無假借。但其中亦有成為習慣，不能澈底嚴革者，雖不得謂之弊，究不免貽人口實。無非紙工原定公費，不及十分之一，法制未善，流弊至此耳。以吏部論，領憑有費，領照有費，引見亦有費，或數兩，或百數十兩，恍惚亦有一定規矩。而最重者，則卓異引見道府，竟有至三百六十、二百四十者。然亦有原因。

緣每屆京察大典，用費何等浩繁，部領只三百兩，則書吏賠墊不堪，故辦京察後，即以辦大計補之。勢之所迫，亦以無關弊竇，意同默許耳。其餘則補缺一事，補缺索費與引見又異。補缺合例與否，萬難高下，吏所得以索費者，則有故意遲延之一法。何謂之遲延？蓋補缺須用題本，題本須經內閣吏科轉折，閣科磨勘，稍有滿漢文錯誤，即駁回另換。一換再換，便耽擱數月去矣。外官情急，補缺遂有按缺分花錢之舉，多有至數百金者。一花錢便不錯，不錯則核准便速，此所以顯其神通也。其實外官之黠者，不肯花錢；其有不願補苦缺者，亦不肯花錢，遲之又久，雖無費亦核准也。余嘗告文選司同人謂：「此等情弊，似可撞破紙窗糊。明定辦法，豈不痛快！」渠曰：「題本事關閣科，所駁換者，明是官話，何能指之為弊？且閣科書吏亦是無錢辦公。若根本解決，非紙張開報銷、書吏給工食，無法可著手也。」

## 部吏作弊，無非撞騙

部吏作弊，無非撞騙。有一年，同月出有知縣六缺，應行製籤。中有廣東二缺，雲貴二缺。部吏乃向候選者索賄三千金，謂可選廣東；如不花錢，定選雲貴。有一候選者，乃文選司掌印之至戚，因商之掌印。掌印曰：「製籤那能作弊？何人索賄，我可辦他。」其戚曰：「吏云不可對第二人言，言則定選雲貴；汝千萬勿壞我事。若選雲貴，盤費亦需三千，我非花錢不可。」掌印不得已，乃告之曰：「汝可詢之同候選者再說。」其戚曰：「渠云不可與第二人言。」掌印乃笑謂曰：「吏非爾親，何獨厚於汝，使汝花錢？」其戚乃詢之同候選者，果人人都索三千選廣東。乃恍然大悟，其為土地天晴吃豬頭，下雨吃羊頭之伎倆也。

## 京官俸銀甚少

余初到部時，京官俸銀尚是六折發給。六品一年春秋兩季應六十兩，六六三十六，七除八扣，僅有三十二兩。後數年，改作全俸，年卻有六十金，京官許食恩，正兩俸補缺後，則兩份六十金，升五品則有兩份八十金。俸之外有米，六品給老米，五品給白米。老米多不能食，折與米店，兩期僅能得好米數石。若白米則尚可不換也。俸之外則有印結銀，福建年約二百金左右。吏部有查結費，與同部之同鄉輪年得之，約在印結半數。此外即飯食銀也，飯食銀每季只兩三金耳。得掌印後，則有解部照費，月可數十金，然每司只一人得之；未得掌印，則不名一錢也。當日部員如此清苦，安分從公，並未嘗呼枵腹也。

## 私宅免見

從前吏部寓宅門前，貼有「文職官員私宅免見，一應公文衙門投遞」告示（兵部則曰武職官員，科道則曰文武官員，亦示關防之意）。究亦僅屬虛文。余充掌印後，多與查辦之役，頗露頭角，疑忌者多，故不得不自謹飭。尋常宴會不輕赴席，雜賓一概不見。公退無事，只邀同鄉作擊缽吟。雨天客有無車者，則套車迎送。其時常集者：張珍午、郭春榆、曾幼滄、鄭子瑜、陳徵宇，數人而已。

## 通讀《十朝聖訓》

吏部夏日皆辰正入署，未初散署，冒暑回寓。日長無事，玉蒼有《十朝聖訓》借而讀之。五本一換，閱時逾兩年，二百餘卷乃卒讀焉。《聖訓》即歷朝之上諭，行政規矩備焉。分門別類，余尋行數墨，耐性讀之，巨細洪纖，無一語遺漏。然掩卷即不復記憶，當時亦聊為消夏計耳。王子恆表叔，可莊之尊人也，告余曰：「汝頗似林文忠。文忠在翰林時，日讀六部則例，即此意也。」余遜謝不敏。誰知兩年涉獵，從容涵泳，嗣後遇有同列爭議、大政諮詢，余皆能判斷如流，頗中綮要。不得謂非無意中之效驗也。

## 京官升轉有一定資格

余得京察記名後，逾年不即外放。其時內閣侍讀學士出缺，輪應一等部員升補。余在吏部名次第一，例應坐升。乃因中東戰後，各省停解照費，津貼無資，且內升更為清苦，是以有不求放道，只求放一南省府缺之請。誰知余出京後，內閣侍讀學士缺出，吏部一等記名無人，即以戶部一等之葛振卿（寶華）升補。按格循資，不數年即升尚書。可見當日京官升轉，尚有一定資格。而余則一麾出守，無資格可言，淪落天涯，不無江州遷謫之感。而自今日視之，則不止浮雲已也。

## 冰敬、炭敬、別敬

道咸以前，外官饋送京官，夏則有冰敬，冬則有炭敬，出京則有別敬。同年同鄉於別敬之外，則有團拜項，謂每歲同年同鄉有一次團拜也。同光以來，則冰敬惟督撫送軍機有之，餘則只送炭敬而已。其數自八兩起，至三百兩為止。沈文肅送軍機，每歲只三百金，而軍機亦有不收者。其餘則以官階大小，交情厚薄為衡。後來漸重官階而輕交情矣，大概尋常京官，非有交情不能得炭敬。而別敬則較為普通，督撫藩臬到京，除朝貴外，如同鄉同年，及服官省分之京官，多有遍送，其數不過十金上下，後來竟有降至六金者。然而京官日漸加多，外官所費已不貲矣。余到京後，來源漸澀，每年所入不過百金，然亦不無小補。光宣之際，公行賄賂，專重權貴，末秩閒曹愈難沾丐矣。炭敬即饋歲之意，函中不言數目，只以梅花詩八韻十韻或數十韻代之，若四十則曰四十賢人，三百則曰毛詩一部，何等儒雅。親貴用事時，有人送濤貝勒千金者，信面猶書「千佛名經」四字，亦尚不直致。惜濤不知所謂，舉以示人，後拆開，始知是千兩銀票也。

## 身無長物

京城東西二廟，每月兩會期，排列古董珍寶。琉璃廠每正月必排到上元，名曰「廠店」，視二廟尤盛，雅人好古，俗人好貨，無不爭趨之。余在京十九年，未嘗一履其地，為儕輩所絕無僅有者。唯斜街土地廟之選菊，則嗜好不能與人殊也。後雖遍查十庫，飽閱寶物，絕不以眼福自豪，蓋非性之所近也。盛伯希嘗謂余曰：「我以百金購一碗，置肉其中，三日不敗。」余曰：「我每日買肉一斤，三日三斤，不過三錢銀，何用此碗為？」可莊亦不以古董家為然，嘗舉一笑話云：一班好古者，一日相約，各以家珍赴會。有醉漢持一元寶與焉，群嗤之為俗物。醉漢曰：「此雅根也。」眾啞然失笑。旭莊則不然，每詬余曰：「汝一毛不拔，到底囊中能餘多少錢？」余曰：「否，否。天生我一人便已贅矣；若於一身之外，更有長物，豈不更贅！」此數語雖近滑稽，然亦煞有道理也。

## 京官挾優挾妓

京官挾優挾妓，例所不許；然挾優尚可通融，而挾妓則人不齒之。妓寮在前門外八大胡同，麕集一隅，地極湫穢，稍自愛者絕不敢往。而優則不然，優以唱戲為生，唱青衣花旦者，貌美如好女，人以像姑名之，諧音遂呼為相公。其出色時，多在二十歲以下。其應召也，便衣穿小靴，唱曲侑酒。其家名為下處。下處者，京中指下朝憩息之所為下處，故藉以名之也。若就飲其家，則備十二碟以下酒，酒後啜粥而散，名曰「排酒」。酒錢給京票四十千，又下走十千，按銀價不及四金也。或在其家請客，名曰「吃飯」。吃飯則視排酒鄭重，一席之費，多者廿四金，少者亦必在十金以外；下走之犒，則隨席之豐嗇而定。其饌較尋常酒館為特別。

余曾為龔藹人方伯所約，在梅蘭芳之祖梅巧玲家，食真珠筍一味為最美。蓋取蜀黍初吐穎時，其小如珠，摘而烹之，鮮脆極可口。余在蘇贛宴客，因署後有蔬圃，每仿製之；然一盂所需，已踏破半畦蜀黍矣。京官清苦，大概只能以排酒為消遣。因下處甚清雅，夏則清簟疏簾，可以觀奕，冰碗冰盆，尤可供雪藕浮瓜之便；冬則圍爐賞雪，一室烘烘，繞座唐花，清香撲鼻，入其中皆有樂而忘返之意。像姑或工畫，或知書，或談時事，或熟掌故，各有一長，故學士文人皆樂與之遊，不僅以顧曲為賞音也。然此皆閒曹年少時為之，若官躋卿貳，年逾耆艾，則仍屏絕徵逐，以避物議。嘗聞潘文勤平時最喜一善唱崑曲、兼工繪事之朱蓮芬，及任侍郎，便不與之相近。而蓮芬年節前往叩賀，文恭必袖廿金銀券，出而親授之，一見而別，至老不衰，都下傳為韻事。蓋優之風雅，遠勝妓之妖冶，故禁令雖同，而從違不必一致也。後來下處漸消滅，而妓寮則車馬盈門，毫無忌憚，此亦世變之相因而至者也。

## 觴詠洵足怡情

余自庚辰後，始聯社作折枝，不兩年便改為擊缽吟（《十一集》即余選刻）。晚間破悶，則約同鄉三四人，到寓小集。如有大聚會，則在榕蔭堂。榕蔭堂即福州新館之客廳也，窗明几淨，觴詠洵足怡情。余素有萊公之癖，春夜每捐一金購蠟。旭莊家中，善製噴墨字畫紗燈，大放光明，尤增吟趣。堂之前後種松八株，意以為後人哦詩備也。誰知癸丑到京，堂既為不作詩者所占，而松亦無一存者，此亦詩事中之黃粱一夢也。

# 《客座偶談》

# 序

壬戌之冬，余撰《家言》，而有《春明夢錄》之刻。次歲，復將《郡齋影事》、《西江贅語》刊成。其時甫賦遂初，略摭舊聞，本有語焉弗詳之憾，擬作《客座偶談》，補其罅漏。乃遲遲十年，屢屢易稿；兼以世變日新，聞見益夥，遂復裒然成帙。而事關國故，居多不忍棄置，因就舊稿。重加編輯，錄而存之。蓋自辛丑舉辦新政之後，又三十年矣。三十年為一世，世事變幻，長安一局，古往今來，不過如是，轉若無足深悲者。蓋曠觀大勢，不能無所悟也。甲戌冬至，平齋何剛德。

# 卷一

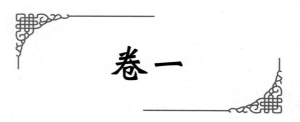

## 軍機大臣行相之事

官制隨時變更。清初不置相，後乃設軍機大臣，行相之事。不定額缺，所謂官不必備，惟其人也。兩宮垂簾聽政，則軍機必以親王領班，下以數大臣輔之，所謂軍機王大臣是也。凡事由親王作主，商之大臣而定。每日上班，必由領班之親王開口請旨。所請何旨，即未上班時所商定者，雖偶有更動亦罕矣。是合外國君主、內閣之制而參用之也。惟辟作福，惟辟作威，殆不盡然歟。

## 京官滿漢分設員缺

清制，京官滿漢分設員缺，而滿缺每多於漢缺。然員缺雖滿漢併設，而辦事多以漢員主之。事務之繁，惟六部為甚。六部之中，尤以戶、刑二部為甚。戶、刑二部分十八司，其餘四部皆四司。除堂官外，司員辦事者，實缺之員或不敷用，以候補之人充之，其餘事簡而職之閒散者，不過備員而已。二百餘年，未聞事有不舉者。外省督撫司道府縣，各有專官，每省定額不及百缺。其附屬之丞倅雜職，大省不過二三倍，小省亦求其稱而已。

## 宮俸之薄

前清宮俸之薄，亙古未有。或曰：洪承疇有意為之，以激怒漢人。而不盡然也。一因滿人占額太多，不敷支配；一因人心厭亂，容易服從也。今試以京官言之：正一品大學士，春秋二季，每季俸一百八十兩，一年三百六十兩；是每月祇三十兩。遞減而至於七品翰林院，每季祇四十五兩，每月不及八兩也。至於六部，全部公費及官吏廉俸薪工，姑以吏部言之，每季二萬三千餘兩，以數百人分之。其餘小九卿十數衙門，十不及一二焉。

外官另有養廉，比京官為優，今舉其略言之：邊省督撫獨優，年支二萬。東三省新制，加至三萬。其餘大小省，均在二萬以下、一萬以上。藩、臬一萬，以下遞降。府則三千，縣則一千二百，亦以次遞減。外官俸與京官同，且皆坐罰不領。其餘丞倅雜職，統計不過數千而已。此為取於國庫言也。此外，藩司糧道及知府，有公費，取於州縣平餘，其餘特別差務，亦皆由此項供給錢糧，少則數千，多則竟將十萬。糧有多少，即平餘有盈絀，盈者年所入可數萬計。此外別無所謂政費名目。至若督撫，則有關稅、鹽務之津貼，然非有明文，受與不受，亦視夫其人耳。

惟收糧、收稅之機關，由道迄縣，不得謂之非弊。凡公款應甲月解者，遲至兩三月始解。則此兩三月，可以發商生息。公款以關道為多，此項息金亦頗可觀。然商欠危險，則責其自理，與庫款無出入也。若一歸庫，則成為庫款。藩庫道庫，皆由首府隨時查點，現銀向不能輕動。實缺外官支領庫款之實數，一省之中，無論如何，大省年不過二十萬，中小省可知已。此外，則候補供差各員薪水，皆由各局支管，而以藩司總其成，大概道員知府百數十金，州縣以次遞減。每班祇寥寥數人，歸諸二十萬之內，亦綽綽有餘。是此項支出，二十二行省，四百四十萬括之矣。京官自光宣年間，風氣漸濫，員缺推廣，部用漸繁，然尚不失之遠。而外省則依然支絀也。

## 官明則弊少

官俸既薄，而庶人之在官者，薪工亦隨之而薄。祿不足以代耕無論矣，而紙張之給價，幾於有名無實。論者所以有以弊養人之說。而不知弊之徇於私者，謂之弊；逼於勢者，不得謂之弊。明人筆記，於吏部制簽，尚有微詞，似吏之有弊，莫吏部若也。余官吏部十九年，明知部吏領照有費，引見有費，補缺有費，皆有其不得已之故。然吏之對官不得言費，一言費即以作弊論罪。且費自費，公事自公事，毫不相涉也。至於錢糧之弊，人言全在書差。凡串票零數，固不免沾潤，然口口聲聲，必抱定錢糧絲毫為重一語，謂之尚有忌憚則可，謂其潔己奉公則未然也。總之，官明則弊少，官昧則弊滋，一言蔽之矣，亦不得歸咎於立法之不善也。

## 官多則養士多

前清官俸薄，而吏之祿徒有其名。今日者，吏裁而官獨存，官存而俸獨重，是以常苦不足也。然今日患官多，而專任之官卻少。每一事，必使數人分任之；而分任之人，又各有其分任。如科員、股員、辦事員，似官非官，其實化吏為官。皆食官祿者也，即《周禮》所謂府史胥徒之類也。《周禮》府史胥徒未曾實行，而今則已實行矣。議減政費者，競言裁官，不知今之習為官者，皆名為士者也。官多則養士多。然則士可不養乎？報載法國減政，裁官八萬人。法國正患失業人多，今又增此八萬人，豈不更多乎？此事近成為環球通病，各國方共謀救濟，所當擇善而從也。

## 親貴用事排漢又排滿

有清入關之初，文字之獄滋熾。康乾以降，崇尚儒術，滿漢之見漸融。道光中葉，滿人柄政，又復排斥漢才。迨洪、楊變亟，起用林文忠，中道星隕，行省糜爛殆半，俶擾逾十稔。曾、胡、左、李諸公，以儒將風流，削平大難。朝廷懲前毖後，知漢人之有造中國，復壹意向用之。

同光之際，外省大吏，滿人所占特二三耳。寶文靖師相嘗告余曰：「滿洲一部人才，安能與漢人之十八省比？」蓋滿人之達者，固不以排漢為然也。光緒末造，舉錯漸歧，旋而親貴用事，不特排漢，竟且排滿焉，大事遂不可問矣。

## 林則徐禁煙

林文忠於虎門之役，焚毀鴉片，朝廷以其辦理不善，遣戍伊犁。論者謂權相媒孽，同僚猜忌，致鑄此錯。事後群引以為恨。其實不止此也。當日英人挾死力以求貿易，不遂其欲不已。文忠僅以一人，獨任其艱。而一般闒冗之徒，布滿中外，進退鮮據，奔走喘汗，釀成五口通商之局。此蓋天禍中國，故使之毒癰四海，延及百年。中國興敗之機，關係甚巨，非得以一時一事論也。今者文忠聲名洋溢乎中國矣，而流毒未已，九原有知，當必有無限隱痛者。是豈庸俗人所及見哉！

## 林則徐致力於農田水利

文忠仕於道光一朝。其時滿人枋政，公適丁其阨，備歷艱屯，而矢以忠純，卒能以功名相終始。蓋其自監司陟疆圻，所至有恩，每蒞一事，不動聲色，必挾全副精神以赴之。而生平所致力者，尤在農田水利。久辦河工，洞悉利弊，尤以籌辦畿輔水利，為根本之根本。即遣戍塞外，奉命屯墾，猶大興農利於新疆。人第以禁煙之名震之，而不知純臣之經濟固別有在也。今者煙毒流行，英人尚且知悔，而國人之犯癮者，效尤不已。事之可痛哭流涕者，夫復何言！惟當此全球患貧之日，中國根本之計，還在於農。誠舉東西迤北閒曠之地，秉畿輔水利之議而推行之，參以大農新法，其規劃必有可取，庶亦救國之一道也。

## 軍制之變更

前清八旗，滿兵隸京營餉較厚，各省之駐防旗兵次之，漢兵則較薄，且於廂正旗色白黃紅藍之外，別之曰綠營。或曰洪承疇定制，亦具有深意也，昇平日久而暮氣生焉。洪、楊起事，綠旗各營一敗塗地，即僅存者，幾不能成軍，竟有互相殘殺者。自湘軍、淮軍以鄉勇繼起，肅清海宇，而軍制為之一變。二十年逐漸裁撤，而氣勢尚雄。余官贛、蘇兩省，贛則防營湊合約有七千，蘇則練添新兵兩標，海疆無事，亦盡足以資鎮壓也。北洋練兵日有聲色，然尚未脫湘淮窠臼。今軍閥失敗，諸將雖變更面目，其意見豈盡銷融哉？

## 湘軍、淮軍、北洋軍

曾文正率湘中子弟，起而平難，金陵克復，而捻匪尚熾。文正以湘軍漸有暮氣，器械亦不如淮軍之精，且湘中子弟皆有田可耕，不若退而歸田，而以剿捻責之淮軍，蓋讓也，非諉也。李文忠起而繼之，蓋任也，非爭也。厥後，卒以淮軍平捻。其時湘軍雖未盡消滅，其氣勢總不如淮軍之盛。余到奉天時，過山海關，駐防三千，鎧甲鮮明，身材驃壯，恍有臨淮壁壘氣象。文忠練兵北洋，淮將尚多才，然亦間收他省人，不過示畛域。袁項城重練新軍，仍以北洋為名；而北洋雖為北人口頭所公用，其根底則仍不脫淮軍。後直隸諸將踵起，遂據北洋為已有，於淮將漸起爭端，省界益明，而內訌之禍烈矣。

## 戰事捷報均事先擬定

聞咸、同之際，軍務緊急，朝廷日盼軍報。遇有勝仗，即用紅旗報捷，飛摺八百里驛遞。所謂八百里者，真八百里也。驛站遇軍務時，每站必秣馬以待，一聞鈴聲，即背鞍上馬接遞。其忙急至於如此。然奏報中所敘戰情，委曲詳盡，一若好整以暇者。按之事勢，種種可疑。後查知其幕府言，此等奏稿，皆於未戰之前，先行擬定；一得勝仗，即行發摺，馳陳其當日如何衝鋒，如何陷陣，賊從何地來，我從何地追，殺賊若干，獲戰利品若干，皆由幕府以意為之。將來如有事實太悖謬處，只於奏報詳細情形時，設法補救，亦不必顯為更正也。然後來所撰，平定某地某匪方略，皆根據當日奏摺原文，酌量刪削，不能自讚一辭。今之戰事如此，古之戰事何莫不然。讀史者不可不知。

## 論功行賞

同治改元，兩宮垂簾聽政，以恭忠親王為議政王，在軍機處行走；大學士桂文端（良）、戶部尚書沈文忠（兆霖）、侍郎寶文靖（鋆）、文文忠（祥）併為軍機大臣；鴻臚寺少卿曹恭愨

（毓英）學習行走。元二年，群盜如毛，旋仆旋起；諸將爭功，互相齮齕，且有官軍互鬥之事。曾文正能將將，不能將兵，臨陣屢敗，而猶能上秉朝謨，制馭諸將。得以決勝疆埸者，非得軍機諸臣運籌帷幄，知人善任，極力維持，何以得此？

三年六月，南京克復。論功行賞，曾文正（國藩）晉封一等侯；曾忠襄（國荃）一等伯，加宮少保銜；提督李（臣典）一等子爵，賞黃馬褂；蕭（孚泗）一等男；均賞雙眼花翎。按察使劉（建捷）賞世職。又以各路剿賊功，封僧王格林沁子伯彥訥謨祜為貝勒；官文忠（文）、李文忠（鴻章）一等伯；駱文忠（秉章）一等輕車都尉；都興阿、富明阿、馮子材騎都尉；魁玉雲騎尉。中興功臣，戮力疆埸，除死亡貶謫外，無不叨恩，所謂有幸有不幸也。八月，復以江南平論功，晉封恭邸子載澂貝勒、載澂入八分輔國公，載瀅不入八分鎮國公；加文文忠宮太保銜；寶文靖、李文清（棠階）宮少保銜；曹侍郎（毓瑛）賞加頭品頂戴花翎；其餘宗親、御前大臣、內務大臣，各賞賚有差。

## 軍機大臣功不可沒

軍機加恩，所以後於諸將帥者，意謂軍機特承旨書諭耳，無功可言，政權固操自上也。不知兩宮初政，春秋甚富，驟遇盤錯，何能過問？所承之旨，即軍機之旨，所書之諭，即軍機之諭，此亦事實之不可掩者也。恭邸雖總攬大綱，然寶文靖嘗對余言：「恭王雖甚漂亮，然究係皇子，生於深宮之中，外事終多隔膜；遇有疑難之事，還是我們幾個人幫忙。」當戰事吃緊之際，可見王大臣同寅協恭，艱難宏濟，為煞有關係也。恭邸、文靖在直二十餘年，可謂得君專而行政久矣。光緒十年，軍機全體被劾，恭邸家居養疾，文靖原品休致，蓋皆念其前勞，未加降黜也。

## 為寶鋆送葬

文靖，吾師也。退居八載，吾常侍杖履。薨逝之日，飾終之典甚厚。及其葬也，吾送之，見平地一塊，掘土二三丈，長如之，寬稍遜。旁露一舊棺角，蓋其夫人葬在先也。下棺後，即將地上原土覆之，上築一土坡，絕不加一灰石，蓋恐一加灰石，即與地氣隔絕。餘則封樹，自稍有規模。北人厚葬，不過如此。臥龍躍馬終黃土，此黃土實際也。人生若夢，此固一熱鬧之夢；若未成功而歿，或竟遭殺戮，尚不知若干夢也。

## 沈葆楨有遠見

沈文肅嘗言：「中外在今日，皆有得過一日是一日之勢，中國不必遽自餒也。」蓋以當時列強，廣置兵艦槍炮，用財如泥沙，而暴斂橫徵，民力不堪，實有岌岌之勢，文肅之言非無見也。然文肅此言，亦在於光緒初年創辦船政後，閱歷漸深，漸有覺悟也。觀其作船署對聯曰：「以一簣為始基，自古天下無難事；致九譯之新法，於今中國有聖人。」當時亦震列強之強，而毅然為之，後見列強以科學致富，濟強政策萬不足持久，故發此歎。今乃知其有遠見也。

## 沈葆楨弊絕風清

沈文肅任船政大臣時，藩司因買銅不報，謂與稅款有礙，用札駁詰。乃立縛藩吏，以「阻撓國是，侮慢大臣」八字殺之。當時因紳士在鄉辦事，恐滋掣肘，閩省風氣，紳弱官強，故不能不殺之，以示威耳。不數時，船廠有一小工竊洋匠汗衫。乃執而告之曰：「汝偷外國人汗衫，太不替中國人做臉。」遂喝令處斬。公餘，亦集僚屬作詩鐘。有一日，未終唱，忽告人曰：「我適有事，少頃回來再唱。」遣人問之，則坐大堂又殺一人矣。當日船政，弊絕風清，洋匠慴伏，亦賴有此耳。

## 左宗棠在閩政績

左文襄由浙赴閩，駐節上游，寄書到湘，說閩奇瘠。前閱其所刻家書，大有懊喪之意。且其時各省凋敝。餉源祇靠釐金，乃以三千金撥款，動與人齟齬，其困苦情形可想。迨到省城，增建正誼書院，創桑棉局，大有百廢具舉之概。雖當時建設費省，究非有款不辦。余少時，在老屋門口，見其湘勇三人，與肩挑賭骰，失敗，怒擲兩錢，拿粳米果五粒而去。此是其部下蠻橫處。此外並未聞有苛索濫徵之舉。足見其經畫之精，規模之遠也。

## 清流之貽人口實

光緒甲申，法越肇釁，講官張佩綸、寶廷諸人，相約彈劾權貴，操縱朝政，時人目之為清流。且有不聞言官言，但見講官講之語。雖陰主者固有其人，然全體軍機同日罷職，懿親如恭邸亦令退居，朝端氣象為之一新，不得謂非欽后之從諫如流也。厥後，法艦闖入馬江，海軍以不戰被燬，張坐失機落職。滇越陸軍失利，弢老亦以舉薦主將非人降調。功罪賞罰，各加其分，在清流無所為榮辱也。惟張於罷官後，為李文忠贅婿，致招物議；寶亦以福建試差歸途，娶浙江江山船妓，上疏自劾落職。清流之貽人口實，亦不能一味尤人也。

## 「隨聲附合」之禍

近年大亂，非人有意為之也，誤在「隨聲附合」四字。一事之起，一人倡之，百人和之；倡之者非盡出於無意，而和之者可斷其為盲從，陰錯陽差，必鬧到不可收拾而後已。甲申法越、甲午中日之役，主戰者不過一二人。後和之者日眾，竟有明知其不可戰，而不敢言和者；甚有料其戰之敗，先搬眷出京，而上摺請戰者。及至割地賠款，則鴉鵲無聲，瞠目相視而已。此余所親見之事。拳匪之役，在余出京之後，其倡和情形，亦復如是。此又余所熟聞之事。兩事已成隔世，追思之，尚有餘痛也。

## 清流皆旁觀論事

清流之起，人多疑其挾私意。然其激於義憤，志在救國者，往往而是。特流弊所極，有當時所不能意料，及至事變發生，則必瞠目相視，而有早知如此悔不當初之歎。夫論事必須洞燭始終，處事必宜熟權利害；旁觀論事，與當局處事，要宜易地而觀。世之訾人者，每曰成敗論英雄，吾獨以此論為未允。語云：「毫釐之差，千里之謬。」為英雄者，苟能毫釐不差，即為千里不謬，必可有成而無敗。此按諸已事，無一爽者，可不懼哉！

## 紀綱一墜，亂象紛挐

中華開化數千年，中間奇奇怪怪之事無所不備，一一皆有蹤跡可尋。承平日久，法度修明，或因事涉猥褻，正史不採；或因說近支離，正人弗道，日久半就消滅。迨紀綱一墜，亂象紛挐，世人所驚為創見者，實亦不過故態復萌耳。但如夢如泡，依稀恍惚，達者觀其通可也。

## 籌餉當為首要

北洋練兵之議興，以三十六鎮為標準。論者即惴惴焉憂之，以為中國國力，萬不能堪此重餉也，今日之兵，何止五倍三十六鎮之數，兵額幾冠全球。然則餉何自出乎？官籌之不足，只有任其自籌，而苛稅雜捐諸弊遂不可制止矣。今之人但苦兵多，而亦知兵之所以多乎？科學與人工互消長，凡興一事業，便於多數之民，不暇計及少數。且新事業，亦未嘗無用人也；不知所用之人，遠不敵所不用之數也。是今日之兵，皆此等失業之民漸積而成也。其不容於兵，必趨而為匪。兵匪交鬨，民無立足地矣。海國機器流弊，工商恐慌，其亂未必不與中國相等。國際亟亟開會，名曰救濟，實則各自為謀，而其意在籌餉，則一也。

## 中國警察之創辦

庚子以前，中國無警察也。余到蘇後始創辦。端午橋制軍告余曰：「以中國地大，只求一里有兩個警察，年已需五萬萬。以全國歲入，辦一警察，尚復不敷（當時歲入未至四萬萬），何論其他？」渠倡言立憲，喜辦新政，所言竟與之相反，不知何意。嗣後各縣勉強興辦，小縣二三十人，大縣亦不過五六十人。民國成立，卻逐漸擴充。今者江西剿匪，以警察不足恃，又復勸行保甲。可知國土太廣，國力太微，遽廢舊法不可也。

## 兵器日新，軍費奇巨

《易》曰：「弧矢之利，以威天下。」後代則間用火攻。前清入關，猶以騎射取勝，可見當時火器尚未甚烈也。咸、同時，曾文正初見開花炮，則曰：「此器不仁甚矣。然海疆多事，不可不備。」語載《求闕齋弟子記》。文正第言備而已，可見當時湘軍並未慣用也。光緒年間，薛叔耘駐使，作《庸庵筆記》，云：「外國科學發明，戰器日精，將來必有云間作戰之一日。」當時尚未有飛艇投炸彈也。事未百年，戰器名目，日新月異，不可勝數，而軍費奇巨，雖富強之國亦感拮据。歐戰之後，列強覺悟，迭訂和平之約。然一面訂約，一面購械，以固國防，其費仍不貲，無論何國，杼軸空矣。故列強變計，而趨於軍縮之一途，豈能視為兒戲哉！

# 卷二

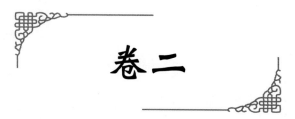

## 科舉制度意在彌亂

古者學古入官，謂官必須學古，而後可入也。然官有限，而學古之人無限，學古者必欲人人入官，則天下亂矣。故孔子於子張學干祿，則以寡尤寡悔抑之；於漆雕開之斯未能信，則說之。蓋深知人人做官，處於必窮之勢，故以謀道不謀食之旨，勸弟子以安命也。孟子曰：「得之不得曰有命。」聖賢教人，無非使人專精於為學，不可急於求官，千言萬語，意在彌亂而已。科舉時代，廣設科目以容之，苛持繩尺以阨之，使天下聰明才智之士，消磨精神於不知不覺之中，而拔其一二，為治世之用。勢之所迫，蓋不如是，不足以彌亂也。

## 利祿之途，人人爭趨

有清時代，一科舉時代也。二百餘年，粉飾昇平，禍亂不作者，不得謂非科舉之效，所謂英雄入吾彀中是也。大抵利祿之途，人人爭趨。御世之術，餌之而已。乃疏導無方，壅塞之弊，無以宣洩，其尾閭橫決，至不可收拾。末季事變紛歧，何一不因科舉直接間接而起？而究其始，特一著之錯，不知不覺耳。

## 「即用」成為「積用」

科舉時，有舉人，有進士。從前舉人不中進士，即可截取，以知縣按省分科分名次，歸部輪選。當時舉人何等活動。乾隆年間，以此項選缺尚欠疏通，乃加大挑一途。凡舉人三科不中，准其赴挑。每挑以十二年為一次。例於會試之前，派王公大臣在內閣驗看，由吏部分班帶見。每班二十人之內，先剔去八人不用，俗謂之「跳八仙。」其餘十二人，再挑三人，作為一等，帶領引見，以知縣分省候補。餘九人作為二等歸部，以教諭訓導即選。行之數科，逐漸擁擠，外省知縣，非一二十年，不能補缺，教職亦然。光緒以來，其擁擠更不可問。即如進士分發知縣，名曰即用，亦非一二十年，不能補缺，故時人有以「即用」改為「積用」之謔。因縣缺只有一千九百，而歷科所積之人才十倍於此，其勢固不能不窮也。

## 秀才五貢升途

舉人於大挑之外，且更有教習、謄錄、議敘各途。種種疏通，無非使舉人皆得由知縣、教職兩途入官也。秀才則予以五貢升途：恩、副、歲三貢可選教職，拔貢、優貢許以朝考；亦以知縣教職入官，拔貢且有小京官之希望。亦未嘗不為秀才謀出路也。無如源泉混混而宣洩不及，當日百計疏導，於事終無濟也。

## 光緒年間人才擁擠

當時進士分省之即用知縣，擁擠固如前所述矣。主事一途，光緒年間，非二十年不能補缺。捐班者補缺無期，與此並無影響。余十四年而得補缺者，因在吏部，較疏通也。中書一途，欲升侍讀，與主事之難同。至於補缺後，截取同知，分省候補者，則與即用知縣等耳。惟翰林一途，當時最為活動，每科學政十八人，正副主考三十六人，鄉會試房考各十八人，每科有九十人之差。而當時翰林不過數十人，以之分派，每科一人竟有得兩差者，宜其優勝也。乃至光緒年間，長短大小之差，仍是此數，而館選太濫，人才擁擠，考差者竟有二百餘人之多。平均牽算，每人約須九年可得一差，且得一差而若係房差，則九年之中，祇得數百金而已。試問如此養士，如何能濟？兩次推翻軍機之事，亦實相迫而成，不得謂非當軸者之過也。

## 殿試排名次辦法

進士殿試次晨，欽派科甲出身之大臣八人，入內閣讀卷。譬如進士三百二十人，每人應分四十卷，由八大臣各定次序。八大臣中，以憲綱為次序，先抽十卷，前一日進呈。其第一本即為憲綱第一者所定，第二本即為憲綱第二者所定，挨次推到第八本為止。其九本十本，則仍為憲綱第一第二者所定。是狀元定為憲綱第一者所取，榜眼為第二者所取，探花為第三者所取，傳臚為第四者所取，其餘則同歸二三甲。若進呈十本卷，有經御筆改定者，則又視各人之造化，然總不出此十本中也。此種辦法並非例定明文，當時必因讀卷屢起爭端，故定此標準，雖曰調停，亦逼於勢耳。其實著意只在十本卷，其餘則每八本挨次堆疊，二甲之為進士，三甲之為同進士，亦歸之於命而已。余字之劣，得附二甲，即其證也。且好字不止十本，若盡不入憲綱，在前四人之手，則鼎甲傳臚，豈不是盡無好字者？此亦極不平之事也。

## 考試試差與放差

考試試差，定例閱卷十人，取卷只以八十為限，每人取八卷，則落第之卷亦自不少。取定之後，由軍機揭彌封，開單進呈，單便留中。放差不在此單，斷不能放，故軍機北屋留一底單，南屋之小軍機不能知，禮部不能知，即閱卷者亦不能知也。不過閱卷者記得詩句，或在外私言耳。放差之日，禮部具題，仍照全單列名請旨：軍機則檢出底單，每差酌定正陪二人，請御筆在禮部題本上圈定一人，即行宣布。考差者不知取不取，祇論放不放，故恩怨不歸閱卷之人，而專歸之軍機。軍機於單內擇二人作正陪，雖於差之肥瘠、路之遠近，或不無照顧私人；至於欲以取低之人放大差，取高之人放小差，則單內明白易見，豈能當面作弊？大概放大省學差及正主考，除大考差之三品以上大員，由欽定外，其由小考差而得學政，非取在前十名不可。其取在中間，可以主考，可以分房；其取在後面者，定為房差無疑。此亦理勢所當然，不能任意營私也。乃考差者一遇無差，不怨己之不取，而怨軍機。且放小差者不怨取之不高，而亦怨軍機。翰林二百餘人，得意者十之三，失意者十之七，為數不下二百人。怨氣所積，謂以後種種禍變，無不因是釀成，亦似武斷；而不知發端甚微，無形之影響，固甚大也。

## 左宗棠宏開廣廈

同治初年，左文襄克復全浙，移師督閩。下車之始，百廢具舉。創立正誼書院，以課舉貢，並選舉貢之高才者，住院校刊《正誼堂全書》。宏開廣廈，寒士歡顏，影事今猶在目。記院中撰一聯云：「青眼高歌，他日誰為天下士；華陰回首，當年共讀古人書」。文章經濟，名重一時。而大亂之後，亟亟修明文事，元老宣猷，其魄力之大，洵不可及。不謂此事祇近在四十年，乃竟有人往風微之歎也。

## 閩書院紀略

科舉時代，每省有書院，定考課，給膏夥，教而兼養，意至美也。各省各自為政，而大致不差。今即以吾閩書院言之。省城舊有三院：曰鼇峰，曰鳳池，曰越山，所以課生童也。鼇、鳳督撫主之，越山則福州府主之，謂為郡書院也。又曰龍光，所以課駐防，則歸將軍專主。謂為八旗書院也。外府縣仍各有一二。同治年間，左文襄立正誼堂，招舉貢校書，旋即設立正誼書院。嗣是王文勤中丞（凱泰）撫閩，創立致用堂，旋改為致用書院，專課經學，卻不限課舉貢。其掌教名為山長，皆以鄉先達退宦者為之，雖論輩分科分，亦必以品學為重，此亦古者祠祿之意也。其束脩：鼇峰八百金；鳳池六百；越山二百四十；正誼八百；致用亦然，間或一千，則記憶不清矣。其膏夥：鼇峰生員內課二千三百，外課一千八百；童生內課一千三百，外課八百。鳳池略遜，越山則祇數百而已。正誼內課四兩，外課三兩；致用亦同。每月官課一次，另師課兩次，應官課不應師課，則分扣其膏夥。官課另有獎賞，其額數獎銀，皆隨官之豐嗇。師課三名前亦有獎賞，但出於額定，為數甚微；膏獎細數記不甚清，但不失之遠耳。正誼專考舉貢，人本無多，而大多數之寒士，除教讀外，皆以各書院為生計；然得之不得曰有命。別無所營謀，亦絕不鑽謀也。世人以顏子為不學而致，吾則以為當日之書院生，未嘗不知簞瓢之樂也。今日追思，分明是三十年前事也，瑣瑣記之，俾後來人知其來歷焉。

## 廢科舉興學堂

光緒廿七年七月奉旨：著自明年為始，鄉會試改八股，試策論。八月奉旨：除京師已設大學堂外，各省所有書院，於省內均改設大學堂外，府廳直隸州均改中學堂；各州縣均設小學堂；並多設蒙養學堂。行之未久，又於三十一年八月，准直督袁世凱、鄂督張之洞、江督周馥、粵督岑春煊之請，謂科舉不停，民情觀望，著自丙午科為始，所有鄉會試及各省歲科考試一律停止。科舉廢而學堂大興矣。乃奉行者人不一心。規制不能整齊畫一，而所云教育普及一語，又徒託空言，不得謂非始謀不臧也。

## 創立農學堂

余二十七年守撫州，於奉詔之先七日，即改興魯書院為撫郡學堂，置普通精舍，以居高才生。「普通」二字，余以意為之，初無所沿襲。後數年，乃有普通學、專門學之區別。蓋當時草創，學制固未備也。回任建昌，新創郡學一所，甫落成，即奉諱去任。及到蘇州，以他項學堂已多，乃創立農學堂。三年，有自外洋學農學專門歸者，聘為教習，乃告之曰：「農學以選種殺蟲製肥為要素，宜按程序分淺深教之，以資實效」。教習曰：「吾所學乃農理化學，不能一一實驗也。」余心非之，而無可改聘。開學幾及五年，而現象如此。政變後，余不復管學務，二十年來如何更變，則不復與聞矣。雖然，余豈得謂為無罪哉？

## 民初學生就業情形

當民國元二年，機關林立，學生得事較易，而俸薪皆百數十元不等。今則事少人浮，而謀事者仍不肯貶格小就。余告之曰：「我初到建昌時，於江書院生員膏夥月六百文，童生三百文。余嫌其太薄也，乃捐廉加倍給之；汝們月得千二百文，或六百文，皆喜形於色，優遊過日。今有十餘元館地，個個以為不滿意，是何以故？且汝們江西省城，從前有友教書院，山長束脩年只二百四十金，雖加以官場津貼，為數亦有限。而為山長者，多係退老督撫。試問：當日太平時代，讀書人之享用，不過如此；今者國債累累，度支幾竭。必欲每人之得館者，非百數十元不可。試問錢從何來？後何由繼哉！」然此猶為余在江西時言也。近則累年匪擾，流離顛沛，情形直不堪問矣。

## 已學者無棄材

科舉時代，懸一格以為招，人人各自延師，各教子弟，國家亦不必人人為之延師也。學堂制興，官立學堂，是官為之延師也。官力不足，失學者多，於是合群力而為私立學堂，是私人代為之延師也。私人之力又不足，失學者仍多，於是有力者自費出洋，以輔官派出洋之不足。費巨額隘，其失學之多，仍如故也。中國人民之眾，失學之數，至少亦在百與五之比例。此九五之數，國家欲擴充學堂，徐補此闕，力必不足；若用強迫手段，使此九五之數各自謀學，勢更不行。且今日學堂之弊，不止在失學人多也，即不失學之人，亦無以用其所學也。

論者謂宜廣開工廠，每廠必開一學堂；某廠用何項人才，即招何項學生；從前所有畢業生，即按其所長，各歸各學堂掌教，或補習。如此，則已學者無棄材，後學者有出路，而國家亦可省一無限量之學費，一轉移間，全神俱振。策無有善於此者。至於法政一門，專為作官吏之用，近時既不重官吏，如有願學者，即可照從前科舉之例，各自延師，聽候官為考校。如此，則從前法政人才，亦不至無所安置也。所言亦自成理，但所行能否實踐所言，所言能否有效，則在辦事者之善為措置耳。

## 今日學堂之弊

今日學堂之弊，與學生無與也。而當時興學者，急於觀成，倉猝定制，人不一心，適蹈不知輕重之弊也。一在畢業太易。科舉時代，三年一會試，取進士三百餘人焉。三年一鄉試，各省統計，取舉人約二千人。五貢並不及此數。進士固即時任用，而得意者尚不及半。舉貢分途，消納十不得一，日積月累，後來已擁擠不堪矣。今改科舉為學堂，大學畢業視進士，中學畢業視舉貢，而且無人不可畢業焉。今默揣其數，試問何以位置？一酬報太豐。前清大學士，年俸三百六十兩。而從前出洋畢業回國，當軸極意優待，年俸視大學士十倍且有不止，其次亦必五倍，後難為繼，向隅者多。此二者皆視之太重，而勢處必窮也。一備索學費。從前寒士讀書，無所謂學費也；且書院膏夥，尚可略資以津貼家用。今則舉學中田產，悉數歸入學堂；而學生無論貧富，一律取費，且膳宿有費，購書有費，其數且過於學費。其出洋之由於官費者，寥寥無幾，其自費之費，即千金之家，亦必裹足焉，是出洋生不得有寒士矣。一不恤生計。學生之棄家產，負重債，以期畢業者，不過求出路以取償耳。今對待學生者，則曰：「學生之頭角崢嶸者，不難自謀其生，歷次考試，亦有任用。即不然，亦得有學位，則亦已矣。不觀當日之秀才乎？秀才中舉中進士，固有出路；若終於秀才，則亦有秀才頂戴榮身也。有何不可？」不知當日秀才無資，本無產可破；今之秀才，則大半自破產來也。此二者視之太輕，勢窮而變，不易通也。噫！始謀不臧，其由來非一朝一夕之故，今之辦學之人亦不任咎也，無已，其仍證諸外國乎？外國學生失業，亦必恐慌，當有補救之法，取其所長可也。近來有大政策，必合中外謀之，此亦時勢所趨，無可解免也。

# 卷三

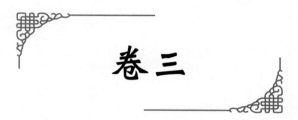

## 晚清財政不佳

財政前清由戶部專管。戶部之庫，余在京時，奉派隨同查過四次，出入互有盈絀，盈時不過千一百萬以外，縮時亦不過九百萬以內。承平時，度支有常，而典守有制，每次查庫，必報盈餘少數。此部庫也。至外省亦有省庫。蘇州有藩、糧二庫，余任首府，凡遇巡撫司道交代，每年不止查過一次，為數不過數十萬，間有過百萬者甚少，緘藏嚴密，毫無假借。此省庫也。江蘇算是大省，而所藏不過如此，則小省可知。計部、省各庫，計算不過三千萬，視乾隆時部庫尚存七千萬者，殆已不及，中國可謂貧矣。今則改庫藏為金庫，而金庫則由國家銀行代理之，有虧無存，每況愈下矣。

## 京官肥馬輕裘

中國自同治元二年之後，十年生聚，漸復承平。官俸儉薄，兵餉節縮，取於民者，只釐金不能即除為弊政，此外仍恪守「永不加賦」之祖訓。國用不足，推廣捐例以賣官。疆吏有議行屠宰稅者，人猶唾罵之。醫瘡挖肉，不免拮据，然未敢輕易借洋債也。乃甲午一敗，賠款二萬萬。當日京官，震而驚之曰：「此二百兆也！」賠款各省分攤；攤解不及，即須借債以補之。庚子又一敗，賠款四萬萬。於是亟行新政，藉新政以取民，藉新政以借洋債。京官又推廣登進之路，於是富商大賈，遂輦載以求仕進，官常弛而奢侈之俗興矣。

丙午夏，余服闋到京，葛振卿尚書（寶華）對余言曰：「君知我國新打一勝仗，有人賠我四萬萬乎？」余曰：「何說？」渠曰：「若非賠我四萬萬，京官之闊，何能如此？君在外九年，豈料世變如此之速耶！」其時親貴尚未橫行，而禍根已暗長矣。旋而親貴日盛一日，京官亦日奢一日，不數年而國亡矣。亡國之後，項城初到，即定為京官，無論大小，每人月俸六十元。然即如此，已較前清宮俸倍蓰矣。後乃變更平餘辦公諸舊制，名為化私為公，實則驟增政費。又有所謂善後借款五千萬，以為挹注，而京官又肥馬輕裘、狂嫖大賭矣。是河山方以奢終，功名復以奢始也。項城在洪憲以前，雖以洋債為挹注，而尚有眉目，至洪憲後，大動天下之兵，軍費無所底止，而政費隨之而濫，遂更感拮据矣。

## 政繁賦重

光緒末年，戶部冊報，歲入一萬萬零八百萬。迨項城時，逐漸加增，歲入已逾四萬萬。或云，所增之數，外債及學生學費均算在內。實在歲入之數，亦總在四萬萬矣。此四萬萬仍由民間所擔負也，是人家年用百金，今則年需用四百金矣。此余在江西時所言也。今閱財政部報告，二十年度，歲入已在六萬萬以外；且祇就國家稅言，而地方稅田賦大宗等等，尚不在內。雖以元易兩，而大數已甚可驚。政繁賦重，民不堪其憂，豈空言已哉。

## 內外債交困

從前內債，有所謂徵信股票等名目，後以捐照抵還，遂失信用。而外債則不然，後因屢次展期，抵押品有名無實，信用亦失。外債途窮，仍返而求之內債；內債途窮，乃減折以招徠之，賣時減折，還時十足。此飲鴆止渴也。然此法外國實開其先也，外國量出為入，借國債為挹注，取便一時，今日經濟恐慌，勢已將窮矣。中國尤而效之，而尚未甚，豈可不審慎從事哉？

## 外國商品進步快速

從前各國通商，我以絲茶出洋，獲大利；而外洋以鴉片進口，亦獲大利。後外人自製絲茶，我之絲茶減色；而我自種鴉片以抵制之，外洋之鴉片亦何嘗不減色。且外洋之製造品進口日新月異，而我之天產出口亦日新月異，近來之倣造洋貨又復不少，特外人進步速，而我之進步遲耳。今則外國工商恐慌，百計傾銷，商情大變，成敗不可以道里計矣。

## 由出超而入超

通商以出入貨之盈縮為利敗，此顯然者也。光緒末年，與一德人談，則謂：通商係兩利，比之於水，水未有不平；所謂盈絀者，必有所救濟，不能執一而論也。我德國輸出，即絀於輸入，不足為慮。譬如中國無銀礦，市上銀洋流行，從何處得來？乃證以《海關貿易冊》：中外通商，惟同治三年，出超為二萬七千萬，為最旺之數；同治十一年至光緒三年，此五年內，出超已降為一千萬有零；自光緒四年以後，直至二十六年，逐年遞降，均入超於出，其甚者將及一萬萬。當時德人坦然言之，自必確有所據。今則超入之數，竟有七與一之比例，則水之不平甚矣。其崩決之勢，不大可懼哉！

## 田賦不均

田賦按則定稅，本有標準，乃日久弊生。有清入關，即欲矯明之弊而行清丈，因循二百餘年，而不能行。只以土地太廣，糧戶太繁，稅則又參錯不一致，以致一國之中，完欠互異，不平已甚。縣中冊報豈能揑飾？而綜核殊難一目了然。余外任廿餘年，每到一縣，必與縣宰閒談，問其所轄田地，每畝若干弓，完糧多少。皆猝不能對；即對，亦言人人殊。迨飭吏開單，有數十畝一戶，有一畝不止一戶者，且畝不一則，則不一糧，一篇細賬，不糊塗而亦糊塗矣。此吾親歷之事。蘇、贛錢糧完欠，不能平均，而深痛整理之不易言也。近日財政會議，力求田賦平均，可謂知其要矣；但望無徒託空言也。

# 人民無稅不增

古者取民有制，田賦之外，常稅而已；今則無稅不增，而田賦轉成為少數矣。古者理財，量入為出；今則量出為入矣。財政部計算表勉符預算，而田賦一項尚歸諸省稅，只國稅收入已逾七萬萬矣。財政部專管收支，而代財政部而收支者，尚無帳可算。錙銖所入，何一不取之於民？語云：「暫累吾民」。民果何時而釋此累乎？居今日而言，理財非裁兵不可，然兵何能遽裁也？抑欲裁官乎，官亦何能遽裁乎？兵與官俱不能遽裁，則政費之浮濫者，獨不可減乎？然所減亦有限矣。

且更有一說，官場所浪費者，仍有利於工商之民，正可以資挹注。此說鄉人自鄉來者，言之歷歷，尚非持之無故，然亦何能成理也。司財政者競言無辦法，誠哉其無辦法，然環顧外國，亦何嘗有辦法也。支出無藝，國債日增，其病皆中於軍備也。列強乃急急於經濟會議，冀欲於商務補苴。既曰會議，則必各得其平，非專顧一國也。此議何時可成，大抵終歸於各求省縮而已，各謀苟全而已，勿徒騁高論，而自欺欺人也。

# 禁米出口，百弊生焉

米為民食所資，宜流通也。自禁米出口之說起，而百弊生焉。余初次到贛，在建昌時，米價貴過二千，紳士以米穀出境太多，須厲禁，以恤平民，余許之。旋有謝、梅兩老紳士，來言此禁宜弛，否則恐米價更貴。余召請禁之紳士詰之，乃對曰：「謝、梅兩富紳米多，利得厚價，所言全是私意。」余亦頗信之。越數日，米價果更貴，且河下因攔米鬧事者亦多。查知禁米之令一出，刁生劣監即率人在河下攔米船，得錢仍放行，有健者不肯出錢，即互相鬥訟；且索錢不止一處。米價遂因而加貴。後乃知請禁之紳士，即緣禁作奸之刁劣所指使也。此江西一郡之事也。旋守蘇州，省會之地，密邇上海。

上海有一祕密公司，實一大米蠹也，有一般人聯洋人買辦為之。聞其貲本數百萬，春間放債與農民，秋成收米，故全省之米大半盡入此公司之手。米價漲落，歸其操縱，有時創為禁米出洋之說，或又弛禁，皆為該公司所利用，官為傀儡而已。盛杏蓀未為尚書時，告余曰：「中國尚食西貢洋米，那復有米出洋？」一語可以道破。彼紛紛者，殆別有作用歟，蓋暗指此公司言也。有一日，蘇州米價將漲過十元，揚言非漲至十二元不止。余以此弊全在上海，乃往上海與紳商籌平價之法，告之曰：「我在建昌時，米價過二千，即鬧饑荒。相隔不過六七年，何至世變如此之速！蘇州產米之區，且今年又非荒歉，米貴更無理由。我有一主意，今年蘇州米價不許過十元，如不遵令，苟地方搶米店，我官場不負責任。唬詐之言，我總不聽！」嗣後價亦漸平，殆該公司知我已燭其奸也。此蘇州一郡之事，亦即上海一埠之事也。

改革後到江西省城，雖無上海之大米蠹，而米商買賣之大，亦為人所注目。江西產米有餘，祇臨川一縣，年可餘一百萬石，勢非出口不可。議會復開，乃當日刁劣攔河之故態復萌，慫恿由會建議禁米出口，官場無可辯論。後米商向議會暗中疏通，便複議弛禁。一年至少總有一次開禁，一次弛禁。其後軍事迭興，釐金加重，上海價低，出口無利可圖，雖不禁而亦不出，與禁不禁毫無關涉也，此江西一省之事，又非徒一省之事也。總之，米穀如水之流，全國可通。價之貴賤，非有特別事故，不能過於輕重，禁令只助漲價之弊，絕無平價之效。此余外任多年，真知灼見，可以斷言者。然後知剖斗折衡之說，莊子亦一大政治家也。

## 米價定於商不定於農

蘇秦之客於秦，米貴如玉，薪貴如桂，謁者可惡如鬼，秦王難見如帝。後見秦王，乃曰：「臣食玉炊桂，因鬼見帝。」訴其作客之苦，蘇秦去今已二千餘年，猶今日米珠薪桂之窘狀也。厥後治亂相乘，物價之低昂，人民之苦樂，不知經數百變，無可殫述。但以吾身親見者言之。南人食米，北人食麥，此其大較也；北人兼食雜糧，南人亦有兼食薯芋者。余少時不預家務，但聞米一石二三千。光緒三年到京，米一包二兩四錢，折合一石，則為三兩餘。光緒二十三年到建昌，米一石不過二千，邊縣則只千二百文。乃調南安，山多田少，地近粵邊，米石八元，多者十元，與內地價幾逾倍。光緒季年到蘇州，產米之區，價亦七八元，間有至十元。甲寅到贛，米石以四五元時為多。壬戌到滬，則米十元以外，間有近二十元矣。大抵米價之高低，除僻地以豐歉為轉移，其都市之處，皆操縱於米商之手。其因禁生奸，因稅滋弊，皆由米商消納之而入於米價。是米價定於商，不定於農也。是亦籌民食者所當知也。

## 天道惡盈

礦產布天下，所謂地不愛寶也。然開之，或得或不得，即或得之，或衰或旺，或始旺而終衰，或始衰而忽大旺。此變化不測，殆有天為之主宰，而礦師之明昧，特為天所驅使耳。中國三十年前，山西煤礦中外喧傳，謂可採至千年不竭也。隨聲附和，哄動一時，某巨公乃與外人合資，開採煤油礦。不二年，各虧巨本而罷。當初如何合資、及虧本後如何分任？事屬既往，不必深求，然山西礦名一敗塗地矣。即漢冶萍煤礦，何嘗不虧本，特以供給日本，取用未即廢耳。他如漠河金礦、雲南銅礦之類，其衰旺情形，互有不同。大概不過養活一時礦工而已。若外國礦主所稱為大王者，百無一二，其失敗者亦不少。無他，天生田以養農，生礦以養工；田之利薄，故使之長享其利，礦之利厚，故特為之限制。其實酌盈劑虛，工之利又未嘗不薄也。天道惡盈，冥思之，適見造化之妙而已。

## 法網宏開

《易》曰：「明慎用刑。」歷代雖除肉刑而未淨絕。民國新刑律，改大辟為槍斃，即笞刑亦廢，可謂法網宏開矣。雖所定刑章，間與國情扞格，然苟折獄惟良，盡可徐圖補救。惟滯獄貽累，已足上干天和，所當深戒也。

## 天理國法人情

民國法律，視前代為寬。然歷代法律，雖不免有苛細之處，前清法律亦未嘗不然，而臬司及州縣衙門，必豎一牌坊，書「天理國法人情」六字於其上，謂必合天理人情，而後成為國法也。語云：「立法嚴，行法恕。」又曰：「行法須得法外意。」古人之言深遠哉。

## 酒色財氣

獄訟之興，不外「酒色財氣」四字。民之求理於官者以此，官之取信於民者亦以此。而不知四字之中，以氣為主，而色亦大有關係。淫為萬惡之首，諺曰「色膽包天」。余外任二十餘年，乃知所有命案，多係因姦而起，謀財害命卻居少數，諺所謂「十命九姦」是也。其盜案亦有因姦起者，定獄時則從其重者處之，而不以姦情牽混也。賭可傾家。無家可傾，非出於竊不可，竊案所以多賭徒也。盜案亦有因賭者，小賭則竊，大賭則盜，定獄者亦從其重者處之，不以犯賭牽混也。至於飲酒亦有滋事者，然止於鬥毆而已，其涉於命者，亦誤殺鬥殺而已，非重大命案可比；且飲之費究不如賭，亦不至遽流為巨盜也。此亦民情之大可見也。

## 錢穀之案不能輕斷

戶婚田土之案，從前歸於錢穀，今則曰民事訴訟，皆為錢而已。金錢萬惡，爭錢必爭氣，訟案所以易涉貨賄也。錢穀幕友，操守每遜於刑名，官場輕視錢幕，亦即為此，然而貪吏喜之矣。吏雖不貪，而有藉之為傀儡，於中取利，而吏亦不免貪名。是則貪吏之所喜，亦即廉吏之所懼也。故《牧令全書》謂：「錢穀之案不能輕斷，斷則必翻，不如諉之公親調處，而翻者卻少。」此即《易》象所謂君子以明慎用刑，無敢折獄之說也。

## 斷案經驗談

濰侄既到彭澤任，惡民情之刁，訐告之不易防也，來書問補救之法。余告之曰：「汝自命法政家，能斷案耳。殊不知詞訟一判曲直，便有一德一怨。汝斷百案，便有百個怨家，怨家哪肯說汝好話。吾此言非教汝不斷案也。真正刑事之案，卻宜迅速斷結，如果處當其罪，而又出以哀矜，則民亦何怨！所最宜慎者，民事之案耳。戶婚田土，頭緒紛繁，情偽百出，人各繪一圖，各持一據，目迷五色，從何處說起！是非使之調處不可。《牧令書》曰：『公庭之曲直，不如鄉黨之是非。』此調人之職，所以為世重也。」《牧令書》雖多門面語，不必盡合事實，然此數語卻可誦。調處不了者，官豈能不斷？但少斷案，總少怨家也。吾生平聽訟頗不讓人，今為此言，豈盡滑稽哉！

## 民多智官難為

亂世官威易行，平世官威轉損。官之威，亦恃力為之助耳。亂世官以武助力，雖甚貪暴，民縱智，不能與武抗也。平世官以法助力，民之智，正可緣法生奸。吾平日不喜談禁令者，即是此意。語云：「下民易虐。」此亦指良懦者言耳。然民即良懦，而其旁有不良懦者，指而導之，亦何曾易虐哉！蓋民之智多，不特廉吏難為，即貪吏亦何曾易為？不特循吏難為，即酷吏亦何曾易為？古之稱廉吏、循吏者，臨行臥轍留衣，旋而立祠立傳，何曾非此多智之民操縱其間，而運用其智乎？

## 民氣固不可侮

《書》曰：「民可近，不可下」，《詩》曰：「顧畏民碞」，從古民氣固不可侮也。自政衰官横，士之黠者，挾民氣之說與官抗，而官敗矣。官不甘於敗也，乃挾兵而與民抗，而民敗矣。民又不甘於敗也，挾匪而與兵抗，而兵又敗矣。兵亦不甘於敗也，通匪而與民抗，則民更大敗而特敗矣。其實官也、士也、兵也、匪也，其始皆民也。民之黠者究少數，不黠者究多數，相持日久而無以了局，黠者悔矣，不黠者亦悟矣。其始之抗也，勢勝而理詘；其悔而悟也，理勝而勢詘，理勝勢詘，天下太平矣。此亦古今治亂之機也。

## 禁令愈嚴，滋弊愈甚

孔子曰：「道之以政。」以政則不能無禁令，禁令愈嚴，而緣法作奸者，滋弊必愈甚，此以政不如以德之善也。余外任廿四年，除禁煙及禁假命案外，絕不懸一禁令。明知佐貳雜職，皆藉例以收陋規，余只考察僚屬，不使濫索，絕不容緣法者得以售其奸。此意稍明治體者亦多知之，非謂余有特識也。即以余所禁二端而論，禁假命案祇在官能廉明，權自不至旁落；禁煙則以國際關係，不得不銳意行之。然不料繼吾後者，破壞滅裂，一至於是也。

## 南昌教案之變

中外交涉，譯署總其成，而教案則地方官之責也。教民播惡，魚肉平民，余守贛九年，適丁其阨。百計鎮壓，終未得當，抱疚在心。嗣義和團起義，仇教號召，不無鹵莽。外人以殺使辱國，藉保教為名，聯軍入京，索賠巨款，協定苛約，而始退兵。因是而教燄愈張，民怨愈甚，不數年，遂有南昌之變。南昌之案，外人實無戕官之事，兵艦一到，自滿所欲而去。然外人從此亦大有覺悟，知教民之不可袒也，乃隱將教權裁削，禁教士不得干預訟事，而數十年之教禍息，而民脫水火矣。然外人初無明文宣布也，余到蘇州時，見教士之不入公門，後始詗知其故，此誠中國教禍起滅之大轉機也。

## 轉禍為福

中國外患內憂相迫而至。然環顧海邦，仍各有岌岌自危之勢，甚矣！紛亂之已造其極也。此何故哉？天禍中國，天不止禍中國也，環球生計均感窮蹙，相逼而成也。試問今日何國之民得安居樂業者，恐未易言。多難興邦，殷憂啟聖，有國者所當上下覺悟，而謀所以轉禍為福也。一國一黨之爭，皆局部之事，無關於大本也。

## 分治之弊

邵堯夫聞杜鵑，有南人作相之懼；宋高宗有「南人歸南，北人歸北，朕何所歸」之憤言。中國人本有南北之意見也，當國者持同軌同文之旨，極力維持，苦心消弭，不得謂毫無政策。明清兩朝，各得延祚二三百年者，以割據偏安之禍根斬除殆盡也。清季議立憲，又有聯邦自治之說；旋以南北爭持，又有南北分治之語。不知聯邦自治，是須邦邦備兵也；南北分治，是須南北各備兵也。近世殫一歲之所入以養兵，猶且不給，況又分之乎？北方地廣民貧，南方地狹產富，以南濟北，相安已久。且川之濟滇黔，粵之濟桂，浙之濟閩，所謂受協省份者，南之中又相濟焉，此理財之關係也。袒護同鄉，懸為厲禁，本地人作本地官，亦懸為厲禁，故人才相資，四海皆為兄弟，無相猜忌。今曰自治，是此省之人，不能治彼省，甚至此郡此縣，不能治彼郡彼縣，是一郡一縣之外，不相來往也。中國一千九百縣，是分為一千九百國矣。外人不來瓜分，自己先瓜分矣！且一縣為一國，是一千八百九十九國，皆敵國也。敵國相侵，亂豈有定乎？此又用人之關係也。然則中國不統一，其可能乎！今國難急矣，慎勿再搬演名詞，徒亂人意也。

## 既克有定，靡人弗勝

《詩》曰：「既克有定，靡人弗勝。」言天終有定時，終有勝人之時，且環球並無二天，天管中國，即環球各國無不管也。譬如天道惡盈，今日各國機器發達極矣，而天以工商恐慌警之，即天之惡盈也。天道福善禍淫，中國軍閥當日狂嫖爛賭，而天以屢次覆敗警之，京官當日亦狂嫖爛賭，而天以變作災官警之，即天之禍淫也。天之陰騭下民，其舒慘遲速之數，固有示人不測者。莫謂天網不漏之說之不足信也。

## 政不在養民而已

黨派紛爭，政局不定，無他，政不在養民而已。然昔之養民也易，今之養民也難；昔之養民也省，今之養民也費。何以謂之費？今日之勢，非裁兵不可。未裁之兵當養，已裁之兵亦當養，且未為兵之人，尤不能不養，則養之費豈能堪哉！捨之不養，則戰禍復起，廣取民財以養之，則流寇亦必起。為今之計，非大借外國之財，大舉建設不可。大舉建設，則無論舊人新人，皆有所安置，而小民亦得以沾其利，豈不皆大歡喜乎！且痛減賦稅，以舊日正供為度，專辦舊日之政。如此，則政不繁，賦不重，物價大賤，而民不勝其樂矣，豈非一舉而數善備哉。然欲借外人之款，必先量外人之力，欲量外人之力，必由大局之定而生。然則大局豈能長不定乎？外國亦不能不同負此責也。

## 華僑有助於國力

華僑散處各地甚多，而能擁貲成業者，究以南洋為盛，而發達亦最先。從前寄款回國，絡繹不絕，今則外國工商恐慌，同受影響。能舉華僑之產，而救祖國之貧，杯水車薪，亦屬無濟。然人數究眾且多，不忘祖國；其致力於實業，經驗亦富，國家如果善為招徠，則源源歸國，於國力亦不無小補也。

## 人心何以不定

入其疆，土地闢，田地治，養老尊賢，俊傑在位，則有慶；入其疆，土地荒蕪，遺老失賢，掊克在位，則有讓。慶，賞也。讓，責也。此古者天子巡狩諸侯之制也。今觀列國，其田野荒蕪，遺老失賢，掊克在位者無論矣。乃有地無曠土，野無遊民，而且市肆繁盛，日用優美，其國事則謀之元老，庶政則合之群策，不失養老尊賢之意，乃觀其國中，人心不定，仍岌然若不可終日者。此何故哉？蓋霸者歡虞之民，日久不能相安無事也。然不能相安，又何能終於不安哉？識者有以知其不然矣。

## 戰勝本僥倖之事

列強備戰，戰機逼矣。子獨言不能戰，何也？曰：「各國皆窮也。」「窮何以猶備戰？」曰：「半以備國防，半以空言威脅，而欲以柔道制勝也。」曰：「此策不行奈何？」曰：「逼而再一戰，亦暫時事耳。且戰之勝負，亦無把握。」「綠氣炮極猛烈，不恤人言，非不可以借一乎？」曰：「如用綠氣炮，則人類必絕，乾坤毀矣，天固不許也。」「然則專用飛艇乎？飛艇價省而效速，横空飛翔，多多益善，不可以一逞乎？」「然一利器之出，科學家必另製一器以破之。聞近來甲年所造之艇，乙年即不能用。前途危險，正未可知。當日奇肱國作飛車矣，飛車與飛艇同，飛車果可利用，可以至今不傳耶？戰勝本僥倖之事，況勝一無所利，敗則必至亡國，恐列強必不為也。」

## 諫臣與使臣均當慎重

韓非子說十過，九曰：「內不量力，外恃諸侯，則削國之患也。」十曰：「國小無禮，不用諫臣，則絕世之道也。」不量力而徒恃外國之助，國必至於削，此固然也。而按之近日時勢，卻不盡然。歐洲多小國，而間於大國，卻賴各國聯盟，得以均勢，而免於削。惟國小必弱，即有禮於大國，如非均勢聯盟，豈能免於侵侮！則諫臣之審時度勢，固不宜輕發議論，而使臣之禦侮折衝，又豈可不慎重其選哉！

# 卷四

## 十年生聚

餘生於咸豐五年，正值大亂。至十二歲而各省肅清，廿三歲到京時，完全一升乎景象。《傳》云「十年生聚」，其期固不爽也。今日各省民生塗炭，不亞於咸、同之時，特不知何日可生聚耳？

## 剝後繼復

《孟子》言：一治一亂。易卦於剝之後，繼之以復。今固亂時也，亂必有治；此固剝時也，剝必有復。古人有見於此，著經世之書，以待將來，不以世亂妄自菲薄，徒憂傷憔悴以終。語云：「天下自亂，吾心自太平。」誠非無所見而云然也。

## 楊森藩至理名言

局外說閒話，天下無難事；事後說閒話，古今無完人。此四語，吾幼時聞之父執楊陶徑學博森藩所言也。其人皓首龐眉，豐采煥發，議論風生。常到我家，所談皆足以動聽，惟此四語余牢記在心，至今不能忘。後生小子動輒開口罵人，亦自成其夭相而已。

## 孫夏峰勸世良言

孫夏峰云：「勿繫戀既往，勿悠忽現在，勿希冀將來。」此三語吾屢屢舉以告人。看似甚淺，然苟能力行此語，則不知心地要何等乾淨。吾老矣，從前所做之官，與所用之錢，絕不介介，即所謂勿繫戀既往也。目前祇守勤儉二字，應做事必做，應讀書必讀，即所謂勿悠忽現在也。至於後來之功名富貴四字，絕不一著夢想，即所謂勿希冀將來也。人以我之頑健，謂為善於養生，其實皆得力於此三語也。

## 名不可以太盛，權不可以太重

名不可以太盛，盛則易惹是非；權不可以太重，重則易叢恩怨。周孔之聖尚且不免，況其下者乎？今而知巢、許之清高，老、莊之沖逸，亦自有千古也。

## 臧否人物且有權衡

孔子之美柳下惠也，只述其三黜不去之言，此外不著一字。所謂欲求其遺議，則亦無形，諸歎賞，則已贅也。若論孔文子之不恥下問，許之為文，稱其一節也。論臧文仲之居蔡，明其非，知不宥其一眚也。聖人臧否人物，且有權衡。今之論古來人物者，震其功名，便極意揄揚，不留遺議；而於其薄眚微瑕，不憚曲筆而為之諱。夫人非聖賢，誰能無過？如謂建功立業之人，無一非循規蹈矩，是曲避吹毛之嫌，轉失紀事之實，何以昭示後人哉？夫不矜細行，終累大德，律己之嚴，隱惡揚善，執兩用中，察言之知也。而於論世知人之旨，固有間也。

## 白居易、陸游之主靜

香山詩曰：「胸中無細故。」放翁詩曰：「不思明日事。」此語看似平易，細按之，即主靜之學也。人到老而閒退，則目前之事，何一非細故？即非閒退，而浮生若夢，一生之功名富貴，又何一非細故哉？明日之事，今日豈能預定，思之何益？苟知此意，即此是學也。

## 以靜鎮躁

王偶翁曰：「上山則憊，下山則快，以下山之快，償上山之憊，不如平地之安也；曝日則熱，浴水則涼，以浴水之涼，解曝日之熱，不如就陰之爽也。」此平易之言，亦即以靜鎮躁之意也。

## 百姓日苦誰之責任

呂新吾曰：「嗟夫，吾輩日多而世益苦，吾輩日貴而民日窮，世何貴而有吾輩哉？」此才算是有責任之言。今人動曰：「天下安危，匹夫有責。」試問比年以來，百姓日苦一日，日窮一日，果誰使之，孰令致之，試問何以自解？

## 情不可討盡，勢不可用盡

語云：「雖萬不可卻之情，求屢亦厭；雖萬不可抗之勢，逼極亦爭。」又曰：「有情不可討盡，有勢不可用盡。」此等閱歷有得之言，求之近今之人，似未有見得到說得出者，殊不慨也。

## 不可幸災樂禍

朱柏廬曰：「人有禍患，不可生喜幸心。」蓋人有禍患，本是自作之孽，然安知無冤抑之時，若幸災樂禍，豈不有傷忠厚乎？況生當亂世，人之苟全性命者，殊非易事，其身遭不幸者，何可僂指？此孔子所以不尤人而憫人之窮也。

## 利須輔義而行

《大學》曰：「為國者不以利為利，以義為利。」是利須輔義而行也。今人亦云：「有權利，須有義務。」亦未嘗惟利是圖也。然利而曰權，是利所在，即權所在也。史遷曰：「貪夫殉財，誇者死權。」曰殉曰死，同一死路也，是權利直可作權害解也。人之爭權奪利者，抑何知害而不知避也。

## 逞臆而談，禍人家國

呂新吾曰：「且莫論身體力行，只聽隨在聚談，曾幾個說天下國家、身心性命、正經道理？終日嘵嘵刺刺，滿口都是閒談。吾輩試一猛省，士君子在天地間，可否如此度日？」此言誠是也。但今人動以天下興亡匹夫有責一語為藉口，逞臆而談，禍人家國，卒之黨派紛歧，鬧成內亂不已。噫！人心世道之憂，是豈新吾所及料哉！

## 體悉民情，若合符節

西人謂孔子為大政治家。吾自外任後讀《論語》，便與幼時意境大不相同。新吾《呻吟語》，非徒講學也，其論治處尤為真切有味。陳文恭所著《從政遺規》，亦語語著實。呂、陳相距百數十年，其體悉民情，多若合符節，然即證諸《論語》所云，亦何嘗不一一吻合。無他，同是中國人，古今固同此性質也。今日歐風東漸，國體更變，謂將來人心世道，必異於古之所云，則亦一種疑案也。

## 人待事、事待人

人之言曰：「天下不患無才。」噫，此言謬矣。《書》曰：「官不必備，惟其人。」此言三公之任事至重大，非用當其才不可，安得不以無才為患。若百僚庶尹府史胥徒，以無關輕重之事，擇無足輕重之人為之，何至有乏才之慮。而不知無足輕重之中，亦必有所謂稍足輕重者，此其人亦非頭腦稍清晰，事理稍明白者，不足以當之。所以臨事用人，每有人待事、事待人之歎，殆非更事較久者不能知此苦也。

## 閒來無事不從容

人生世上，閒忙兩字而已。呂新吾云：「耐苦易，耐閒難。」吾今日覺閒中大有佳趣，無須耐矣。可見人只知有忙，不慣有閒也，不知忙字害事殊大。語曰：「無事忙。」曰：「忙中有錯。」又前人詩句：「舉世盡從忙裏老。」又：「諸公袞袞登台省。」袞袞二字，寫熱官之忙尤為深刻，皆極言忙之無益有損也。吾作閒人久矣，每笑世人之忙，然不知不覺，仍有無事而忙者。稍忍須臾，往往事有變化，便覺忙之無用。老來隨事體驗，每有所得。程明道云：「閒來無事不從容。」吾今日亦覺從容之有佳趣也。或曰：「民生在勤。」不忙豈非不勤乎？不知勤與忙大有區別，有當為者不得不忙，忙適以得閒也；若司為可不為之事，無所不用其忙，事後思之，未有不悔其贅者也。

## 親朋書信必酬答

呂新吾言：「古人有五省之法。一曰省作書，免人厭於酬答。」余固以此說為然。而平日則又以「案無留牘，家無長物」八字自課。所謂牘者，非指官文書言也。在官之時，凡親朋之問候，及有求於我者，無論貴賤貧富，皆無所不答。嘗謂：人之問候我者，與我有情也，若不答，豈不絕情乎？人之有求於我者，必其情之迫，冀我有以慰其情也，我不能盡副所求，或安慰之，或婉謝之，均無不可。若不答之，豈不拂人情乎？退居之後，朋箋亦寥寥矣，凡有一紙之書，必量其人之平素、與其來意之誠否，如量應付。如其素心可託，談老態，數往事，亦足以慰寂寞。且窮乏求我者，勉強應之，惠而不費，亦偶有無心插柳柳成蔭之妙。若概以老嫩自諉，是適成一炎涼中人矣。

## 饑寒生盜心

語云：「不妄花一文錢，便不必妄取一文。」意本以戒貪也，其實亦以救貧，且可以敦品也。語云：「饑寒生盜心。」官有廉俸，何至饑寒，若非隨意揮霍，何至非所取而取哉？非所取而取，豈非盜乎？即非為官，凡強占人便宜，及借債不還，皆謂之非所有而取，皆盜也，皆妄用所致也。且「一文」二字，亦正不容忽過，一文可妄用，即千百萬文亦可妄用。且更有一說，凡人今日所用之錢，明日試思之，有必要否，有悔否。若其必要，能勿悔乎？吾平日最惡守財虜，且極齷齪人方伯財主財奴之言為漂亮，謂能用財則為主，徒守財直奴而已。今忽為此言，亦以國人太奢，勢將潰決而成大亂，不能無懼也。

## 片紙皆使有用

呂新吾曰：「余參政東藩，日與年友張督糧臨碧在座。余以朱判封筆濃字大，臨碧曰：『可惜可惜！』余擎筆舉手曰：『年兄此一念，天下受其福矣。判筆一字，所費絲毫朱耳，積日積歲，省費不知幾萬倍。』充用朱之心，萬事皆然，天下各衙門，積日積歲，省費又不知幾萬倍耳。心不侈然自放，足以養德；財不侈然浪費，足以養福。不但天物不宜暴殄，民膏不宜慢棄而已。夫事有重於費者，過費不為奢；省有不廢事者，過省不為吝。余在撫院日，不儉於紙，而戒示吏書，片紙皆使有用。比見富貴家子弟，用貨財如泥沙，長餘之惠既不及人，有用之物皆棄於地，胸中無不忍一念，口中無可惜兩字。或勸之，則曰：『所值幾何？』余嘗號之為溝壑之鬼，而彼方侈然自快，以為大手段，不小家勢。痛哉！余作課孫草，平日惜紙之事，取法於林文忠。其實幼讀《呻吟語》，印在腦筋，故終身由之，初不覺其所以然也。

## 莠言亂政

語云：「莠言亂政。」莠言非必邪說，即光明正大之言，不合國情，不應時勢，毫釐之差，千里之謬，皆足以亂政也。泥《周禮》而釀禍變，豈非明鑒哉！

## 天地無心成化

余當官時，每欲提拔一人，臨時輒無機會，不得已，而謝卻之。易一時，恰有機會，而其人又他去，不得已，而以不甚當意之人充之。又嘗極力薦一人，十分注意而總不得當。他日，於不甚著意之人，隨便薦之，而轉如響斯應。屢試不止一事為然。曾文正晚年篤信運氣，吾亦不敢謂人力之可勝天也。俗諺云：「有意栽花花不發，無心插柳柳成蔭。」其殆天地無心成化之妙歟。

## 宰相無快活可言

桑維翰言：「為宰相如著新鞋襪，外觀甚好，自家甚不快活。」看似有責任之言。然宰相任大責重，身攖盤錯，兢兢業業，自無快活可言。若太平宰相，憂盛危明，亦不能有侈然自放之一日。若說到外面排場，則淺之又淺也。

## 世態炎涼本屬常事

漢翟公，文帝時為廷尉，賓客填門。及罷，門可設雀羅。後復用，門庭又如市。公大署其門曰：「一死一生，乃知交情。一貧一富，乃知交態。一貴一賤，交情乃見。」世態炎涼本屬常事，乃積忿於心，而又宣之於口，稍有學問者必不出此。乃史錄其言，幾欲膾炙人口，非譽其美也，祇足表暴其褊耳。

## 古書雖在漸難憑

放翁〈野興〉詩曰：「舊俗不還誰復念，古書雖在漸難憑。」此二語自係傷時而發。然舊俗有好者，亦有壞者，譬如中國往時婚嫁之繁耗婦女、應酬之無謂，殊可不必追念。至若古書記載事實，時代變遷，本屬無憑，譬如《朔方備乘》及《瀛寰志略》等書，當時海禁未開，談經濟學者均奉為至寶，及今觀之，則殊多罣漏耳。至於說理講學之書，則天不變道亦不變，雖一時難憑，終久必有可憑之一日也。

## 宋儒說義理

陳仲舉「大丈夫當廓清天下，一室安事掃除」之言，談氣節者多韙之。不知「廓清天下」，平治之事，「掃除一室」，不得謂之非修齊之事。略修齊而侈平治，宜其不善厥終也。宋儒曾議之。大抵漢儒尚氣節，不免涉於躁；宋儒說義理，漸近於醇也。

## 人之精神不能盡副其壽數

人之壽數有定，而人之精神不能盡副其壽數。左文襄、李文忠晚年時，下半日竟異樣糊塗，公事皆任幕僚為之，特藉其威望，支撐門面耳。蓋其盤根錯節，敝精勞神，過於常度，故頹敗至此。而世之享大年，登大位，自詡龍馬精神者，殆亦善於啬養，否則終日無所用心，故得此福歟。

## 做官者並非都發財

俗諺「升官發財」四字，誤人不淺。蓋講究做官，必不會發財，即不講究做官，亦何曾會發財？使人人明此理，則天下太平矣。憶少時吾師林勿邨山長，由狀元放知府，升至雲南巡撫。罷官而歸，餘囊僅有三千金。其時年事已高，謂年用三百金，分作十年之用，可以就木矣。誰知老而未即死，乃賴正誼書院掌教束修以度日。官至巡撫，不為小矣，其宦囊竟不足以送死。沈文肅自江西巡撫丁憂歸，鬻字為生計，每書一聯，僅取潤資四百文。及起服後升兩江督，始致書友人，謂今日皮衣方稍全備。官至總督，其衣服亦未能綽有餘裕也。其實貪官污吏，豐衣美食，烜赫一時，竟有不待子孫敗落，及身而窮窶者，亦比比皆是也。

## 將就之意

子謂衛公子荊善居室，始有曰「茍合矣」，少有曰「茍完矣」，富有曰「茍美矣」。茍者，將就之意；合者，聚也。玩「茍合」二字，可見未始有之時，分應流離轉徙也。今之遊食四方，流離轉徙者，不可勝數，欲求茍合而不可得，而偏一一求完求美焉，則真不可解矣。

## 救急不救貧

孔子曰：「周急不繼富。」人到飢餓，不能出門戶，死無以為殮，可謂急矣，則周之宜也。今之人，每以日用不充，揮霍不快，隨意借貸，意以為取之外府也。及於至再至三，手癖慣而供應者亦厭矣。因是而流入窮餓者，不一而足。吾嘗謂孔子不曰「周貧」，而曰「周急」，蓋急固當周，若不急以為急，是周之適以害之也。

## 人生在勤

閩人多種蘭花，每以蘭花之榮悴卜家運之盛衰。而郭遠堂中丞作嘐嘐言，獨駁其說，意謂人家將興，其家主勤，理家務細，至花木亦必不忘灌溉，所種蘭花，自然茂盛。若敗落人家，百務懶惰，荒嬉過日，何能顧及蘭花，是蘭花之榮悴，關乎人事，不關家運也。人生在勤，隨事皆要體驗，推此類言之，即修齊之義也。

## 不役於物

語云：「役物而不役於物。」役者，奴隸也，役於物，是為物之奴隸也。今之講究衣服，廣購器具，甚至玩古董，買字畫，是為物之所役也。孟子曰：「人役而恥為役。」夫為人之奴隸尚可恥，奈何為物之奴隸，而不知恥耶？近年景德鎮瓷器盛行，大花瓶、大魚缸尤為人所爭購，無理可喻，祇告之曰：「汝買許多大瓷器，要想到革命時如何搬運？」亦巽與之言，非惡謔也。吾刻一小印，曰「無長物齋」，不特他物無長，即前後在贛十八年，家中瓷器，何曾彀用，此固不能瞞人者也，此亦吾性之所近，非矯然為之也。

## 圖新不捨舊

今人有舊家庭、新家庭之說。新者自詡開通，舊者自重禮教，以舊鄙新，以新厭舊，弄出無數是非。氓之蚩蚩，竟有不知適從之意。吾則別有一說以解之。《禮》曰：「七十曰老而傳。」一當未傳之先，家事老者主之，子孫不得自專，謂之舊家庭可也。及既傳之後，老者不能自理，傳之子孫，子孫竭其心力，支持門戶，自謀溫飽，謂之新家庭可也。然此非調停之言也。門戶既須支持，則圖新不宜遽捨舊也。其實天道循環，新而旋故，故而復新，猶地球東行，不知不覺而變為西也。新故兩字，本無界說可言也。

## 知吃飯之人必須安分

近人言：「有飯大家吃。」此亦憤一黨一系壟斷權利，故激而為是言也。其實「吃飯」二字，要大有分別，有家常之飯，有特別之飯。家常之飯，人人自食其力，且導其妻子，使各養其老，此無待多言也。若特別之飯，則鐘鳴鼎食，非富貴之家不能享有，所謂得之不得為有命，分定故也。今不各安分而爭，欲破格吃飯，是人人皆要玉食萬方也，豈不率天下而路耶？科舉時代，儒官以食苜蓿為生涯，俗語謂之食豆腐白菜；秀才訓蒙學，資館穀以終身，卒未聞大家有鬧飯者。知吃飯之人必須安分，否則未聞有不亂者也。

## 曾國藩提倡節儉

曾文正當亂平之後，提倡家法，注意「書蔬魚豬」。然當文正之時，歐風尚未盛行，提倡較易。若今日之奢俗靡靡，語人以「書、蔬、魚、豬」四字，未有不斥其迂謬者。然當此歐風衰落之秋，各國失業者動千萬人，雖欲求「書、蔬、魚、豬」而不可得，而猶心醉歐化，強飾門面，將何以善其後哉？

## 盛極必衰

余在江西時，江西人每與余言張勳家產三千萬。余曰：「此事君未目見，自係耳聞，切不可隨聲附和。」我與張勳無一面之交，何必為之剖白？但此言一出，師長、旅長聞之，皆想做督軍；營、排長聞之，皆想做師、旅長，大亂不可收拾，大家共受其禍果也。張勳抄家，余躬親其事，南昌僅得二十二萬（合他處所抄，卻有百萬），果也。軍閥時代，師、旅長皆督軍矣，營、排長亦半為師、旅長矣，其亂視張勳時將如何哉？江西人來滬，謂之曰吾在江西所言，今日驗矣。試問：當時之言張勳者，於己利耶，抑害耶？項城之初登台也，京官無論大小，每人月俸限六十元。後有人倡重祿之說，一唱百和，哄然而起，於是一部之中，向用十人者，漸充至十倍焉，月俸十金者，漸加至數十倍焉。且有一人而兼十一差焉。肥馬輕裘，般樂怠敖，而猶以為窘於揮霍焉。余嘗代為之憂，謂盛極必衰，後難為繼。果也，張作霖出京，郎曹蕩然，而災官之聲洋洋盈耳矣。子貢曰：「賜不幸多言而中。」今觀此兩事，是使余多言也。

## 九流三教之生計

淫祠例所必禁。湯文正時，五通神惑民太甚，毀之，去其太甚耳。後此即無有繼之者，非謂淫祠不應廢也，亦以神道設教，究可以禁嚇冥頑。且迎神賽會，究係以驅疫為名，即許願求福，亦具懺悔之意。而依此為生者，資以餬口；連日迎賽，小販亦得以資挹注。所謂弊未太甚，姑示寬大可也。非不知法令為何物也。推之僧道，及星卜巫祝之類，其不能不聽其自生自養，何一不同此意。今者地廣人眾，國家又無大興作以收養許多閒民，乃忽令九流三教之人，均須各歸正執，別謀生計。生計何在？又無可確示，是徒託空言，立而迫之為匪也。文正亮節清風，死之日僅御一破葛帳，其事之可傳者甚多。若禁毀淫祠，係當官應辦之事，不必震而驚之也。

## 殯葬奢侈

漢明帝詔曰：「昔曾閔奉親，竭歡致養；仲尼葬子，有棺無槨。喪貴致哀，禮存寧儉。今百姓送終之制，競為奢靡，生者無儋石，而財力盡於墳土；伏臘慳糟糠，而牲牢兼於一奠；糜破積世之業，以供終朝之費；子孫饑寒，終命於此，豈祖考之意哉？」余嘗見北京出大殯，上海大出喪，其虛耗之費，誠有糜破積世之業，如漢詔所言者。漢詔亦古矣，今何以不異古所云耶？

## 不斷人身

王偶翁曰：「俗人佞佛者曰『吾無他覬，願來生不斷人身耳。』此語最可味，全生全歸，此謂不斷人身，豈修齋誦佛所能到耶？惜其習而不察也。蓋隨年盛衰，血氣也衰極而死，則漸盡矣。惟志氣不與年盛衰，志氣則義理之性為之也，年日邁而志氣精堅，義理昭著，其人死為明神，生為賢傑。夫子云：『夕死之可』，孟云：『立命』，老云：『不亡』，皆是也，此不斷人身者也。若恣情作奸者，未死而人身先斷矣，雖佞佛何益？」余近〈燈注油〉詩，推論浩然之氣，有句云：「仙家證長生，老彭可竊比。佛傳長明燈，其說亦近似。」與此意不侔而合。

## 關公英靈不泯

余生平不看小說，十一歲時，疹後避風，不出房門，取《三國演義》讀之，看其說神話處，卻比正史有趣，旋即棄置，不復記憶矣。京中茶館唱大鼓書，多講演義，走卒、販夫無人不知三國。北人好聽戲，尤好武戲，武戲多演三國也。然凡屬軍人，無論南北，則談吐間皆演義也，甚矣！演義魔力之大也。但三國人才多矣，而獨注重於關壯繆，或稱關公，或稱關老爺，南人則又稱曰關帝。北人不敢唱關公之戲，謂一唱即攖奇疾。南人則不忌，然唱者亦必十分嚴重，一不慎亦即立遘災害。出臺時，觀者為之一肅。北人崇拜者，視南人為甚，而關外為尤甚。

憶出關時，自瀋陽行至吉林，八百里間，山嶺多以老爺為名。一日過一老爺嶺，樹木千章，參天蔽日。嶺約里許，車行其中，四面陰森，赫赫然若有英靈之質旁臨上也，心目為之震悚。歸語濤園曰：「我過老爺嶺不止一處，惟此處為最奇，儼若四壁皆關帝也。」濤園素豪放，亦作色曰：「此語摹寫入神，關帝信有靈也。」北人言其顯應處，無奇不有，前門邊有一小廟，香火之盛，無以復加。傳言崇禎時，宮中塑二像，令日者卜之，曰：「一命長，一命短。」帝怒，偏令命短者供之宮中，命長者屏諸前門外。果也，不逾年，明亡宮毀，即像亦與焉。前門外之像，至今香火不絕，官員出差，必往拈香。又有一次，諸名士設一乩壇，忽乩書漢壽亭侯臨壇。有一狂生，乃書「呂蒙」二字於掌，曰：「乩如有靈，當知我掌中何字？」乩書二語曰：「漢家天下今如此，關羽何須畏呂蒙？」眾益驚服。其餘似此者，不可殫述。

祀典則以前清為盛。有清入關，戰時，每顯靈助戰，以後遇有戰役顯應，則必加封號，祀典漸隆。他處廟像皆坐像，京城官祭之廟則用立像，因其廟皇上或親詣祭也。或疑曰：「壯繆顯靈助戰，如果有其事，然不助明而助清，則又何說？」應之曰：「壯繆助清，亦助明也；明不能制闖賊，藉助於清，以拯民水火，謂之助明，亦何不可？」此說亦言之成理。總之，正直之謂神。壯繆一生，殆不失「正直」二字，當其始從昭烈，旋為魏武所羅致，嗣覺魏武不軌於正，以昭烈為彼善於此，復從而為之戮力。伐吳之役，亦以其時大局尚紛，民生塗炭，不得不冀得一當，以致太平。秭歸蹉跌，則關於天數，死有餘恨也。而其浩然之氣，下為河嶽，上為日星，亙千古而不滅，其顯靈助戰也，亦以千萬人壯氣所鍾，遂偶觸之以為用，而其如在其上，在如其左右，則亦以人心為之耳。爭地以戰，殺人盈野，上干天怒，為人心之所不容，亦即正氣所不容也。所謂陰陽不測之謂神者，亦謂正氣千變萬化，無方體，無定向，固難刻舟求劍，亦非惝恍無憑也。壯繆之事，當以此理斷之，不然，則數百年之馨香，億萬人之意向，豈能毫無依據耶！

## 立法皆嚴，行法要恕

同治癸酉科，福建舉行鄉試，時王文勤撫軍（凱泰）充監臨，查場弊甚嚴，適對讀所同考官，查出謄錄生私改墨卷，根究得數人，余友陳藻丞大令與焉。撫軍大怒，令置重典，已傳豎坡矣（凡督撫殺人，必坐大堂，排衙鳴鼓，將弁鵠立如坡，提囚上，綁押往法場行刑，故閩人呼殺人為傳豎坡，亦土語也）。天忽大雷電以風，全城晝晦，撫署棋桿折焉。撫軍警於天變，遂寬此獄，而陳藻丞數人免矣。藻丞是科因丁憂不能應試，冒充謄錄生入場，為人改墨卷。定例，墨卷添注塗改，有例定字數，若犯例，不能送謄錄。今所改竟過三百字，明明謄錄舞弊，故為對讀所舉發。藻丞此役，固為貧所迫，未始非技癢之故，遂忘其所以也。後自應試，聯捷成進士，而終於一邑，人謂其後運未終，故天示變以拯之也。

余殊以為不然。王撫軍執法以懲場弊，是也；警天變而緩獄，亦是也。科場條例太苛，寒士貧乏可憫，法重情輕，故特示變以拯之，天亦未嘗不是也。謂因一縣令前程，預示保全，天之降鑒，無乃太勞乎？然吾獨不能無疑者，世之暴戾恣睢，殺人如麻者，所殺何一非冤？抑且兩軍相戰，近日炮火之烈，一發動輒數百命，而視天固夢夢也。獨於此次不夢夢者何哉？豈天亦忽明忽昧耶？有曲為之解者，科場嚴例，除殺一柏葰後，大概立法皆嚴，行法要必以恕，所以各省學政，考試拿獲槍手，只以枷號示懲，向不褫衿笞臀，且不窮究真名姓，革其功名，所以恤寒士也。此次王撫軍發怒，一轉念未嘗不悔，故藉一雷雨以解之歟。或又謂王撫軍賢者，天以其可與言而與之言耳。若彼暴戾恣睢者，示變而彼不悟，天亦無可如何也。此二說雖亦言之成理，而罅漏尚多，但當日之事，身所目睹，間不容髮，鄭重如金縢故事，儼然明威在上也。

## 儉多奢少

民俗之奢儉，由於地土之腴瘠，而亦有不盡然者。今就吾足跡所至者言之。山海關外，三省土脈久未發泄，農林之利極富，牧畜之產亦足。然過瀋陽，則百數十里無人煙者甚多，中途偶有一二草屋，下而憩息，湫隘不堪，而屋中必有兩大缸酸白菜。北地獨多白菜，冬間醃之，一年即此侑雜糧以為食。每隔二三百里，必有一市鎮，商販亦粗笨之乾貨而已。近時火車通行，情形自異，然土太曠，人終不能不稀也。輶車所至，不能停留，然大致總在目，此北之偏於東者也。入關而西，風土祇是蕭瑟，絕非膏腴。種蔬麥以供食，而種稻粱者絕少。西度易水，與榆關內地同。及至京都，則空空九城門而已。然萬流仰鏡，百貨填溢，可謂無美不備矣。居民無土著，所居祇旗員旗民，與各省官商而已。日食之需，除朝貴及紈袴子弟暨南省京官盤餐兼味，食用稍豐外，其餘上自閒散王公，及疏遠之皇親國戚、八旗官兵，以及北五省京官，一日之中，上者食麵食，下者食雜糧。侑食之饌，羊肉雞卵，一二品已為異味，下者生嚼蔥蒜，若調醬則已豐矣。

猶憶昔年于役東陵，到店只有麵食，乃選豕肉雞卵為饌。旋惇親王至，隔店而住，以親王之貴，旅行並不帶廚傳，乃呼豆腐乾以侑酒。後查之，親貴不當權，所食不過如此，特五王爺尤窮耳。甚矣！北人口福之薄，遠不及南人也。及到江西，贛稱魚米之鄉，魚並不佳，而米獨足，夏布瓷器之產亦獨優。然居家則一月之中祇兩日食肉，病則以肉為藥。有一富家，熊慕蘧之封翁，余問其家食如何，則曰：「我年將七十，每日可食肉四兩。」尋常人家，皆以辣椒、豆豉佐飯，魚亦不能常具也。街上小戶，每人捧一大碗飯，上加兩箸蔬菜而已。一日出行，縣大路上排芥菜大梗數具，問何物也，曰：「芥菜梗也。」問芥菜梗何以如此之大，曰：「本地種芥菜，不肯整根賣，先賣旁梗，梗隨大隨賣。到明春，則菜心大如蘿蔔，可多賣錢也。」問何以排列於地，曰：「曬於地上，乾而醃之，切絲以侑飯也。」余聞之悚然曰：「官廚食火腿芥菜腦，取其心食之，惟嫌不嫩。今民食菜梗，尚須切絲，則吾輩直暴殄天物矣。」其儉如此，其富可知。

及到蘇州，江南膏腴之地，無與倫比，米穀之種尤美，蠶利與浙共之，為他省冠，粵東後起弗及也。且密邇上海，商業發達，富戶有逾千萬者，其一二百萬者，竟不足齒數。與浙比鄰，富力與浙相競。織貨取之宮中，婦女皆穿綢緞，然冬衣衹以灰鼠條緣邊，非人人盡有皮襖。富不必竟遜於粵，而儉則殊勝於粵也。吾閩山多田少，物產極微。下游漳廈一帶，風氣近於粵東，通洋亦早，但僑多而商少，僑偶有富者，多不敢回國，遜粵殊甚。上游雖有竹木之利，多為江西人所占，蓋上游七成江西人，三成土著人，土著人最有出息者，衹開飯店而已。省城一隅，自無出產，士人毫無發展，徒事呫嗶而不講求實業。科舉時代，省士科名獨盛，然科舉而得仕，能彀消納幾何？則滿城衹裝滿窮秀才而已。且濱海海味極美，而秀才食性又饞，家食茹葷之外，暇則往酒館醵飲，故中國說老饞者，閩粵並稱。富不如人，而饞與粵人競，豈不敗哉？吾到贛、蘇兩省，見寒士必有數畝之田，怪而問其由。贛人曰：「我寒士就館，館穀所入，書院膏夥所入，今之學堂薪水所入，如有盈餘，積銖累寸，今年買半畝，明年買半畝；且婦女搓麻織夏布，可資津貼。」蘇人則曰：「婦女養蠶之外，持四條木棍，在門外張架刺繡，亦可以資津貼也。」噫，吾今乃知吾閩寒士不能一人有田之故矣。平日飯菜不能斷葷，閒暇必上酒館，雖有館穀膏夥薪水之入，非隨手輒盡不可，而婦女又不能養蠶織麻刺繡，又何從津貼以買田哉？閩之瘠，而奢甚於長江諸省，則因下游接近粵東，沾染華僑惡習而然，其由來亦非一朝一夕矣。統觀全國，究竟儉多奢少，國奢示儉，中國其較易於外國歟。

## 人世間，何事非幻境？

余自中年以後，每於睡將醒時，能倒影自見眼鼻或半面，然必是夜夢境清平時，始有此象，月不過三次耳。放翁自謂晚年目光夜能燭物，其殆眼藏有力歟，究亦莫名其妙。近數年來，更有一奇事：當將睡或將醒，目光蒙瞳時，每見仙佛神像，衣冠甚偉，參列榻前，或仙女、神卒，二三人不等；諦視久之，遂變成帳幔花紋，或為窗檻花格。此自目眩所致，然目眩何必見仙佛？其殆以夜寐不成時，想遊仙界佛界以引睡，積想因而成象歟？然積想不入於夢，而必接之於目，則又何哉？其實人世間，何事非幻境？制之以理，斷之以心，見怪不怪可也。

## 睡與不睡任其自然

余少時即慣遲眠，然就枕即睡，無失眠之苦。七十時作〈匏庵壽〉詩，中有「鰥魚無睡」一語，當時亦特戲言耳。詩寄去之後，竟夜夜不睡，自疑誑語為神鬼所弄。乃年甚一年，後竟非天明不能酣枕。百計引睡無效，常服補陰之藥無效，乃細檢陸詩，見其七十所作之詩，皆言不睡，乃八十所作者，則多言美睡。可知人到七十，夜必無睡，若到八十，則夜睡而晝亦睡。然名雖為睡，恐亦祇昏睡而已，其能得美睡亦甚難事。是睡與不睡乃年齡關係，祇可任其自然，不必引以為病。醫書失眠之症，特為少年有病者言之，與老年人固無與也。

## 晝寢而夜讀

余少時聞人言，郭遠堂中丞半夜即起鈔書，點一枝蠟燭，見跋及旦，日以為常。沈文肅之封翁丹林先生，每晚九點而寢，三點而起，默坐背誦註疏，到八十三時，習以為常，蓋其未明而起，起後即不復睡。余則夜間看書，既明而睡，睡後仍得有六點鐘酣寢。今年已屆八十，秋後卻可未明而睡，起時亦較平常為早，雖未至如放翁所云。夜睡而晝亦睡境界，而衰象已寢尋矣。人言老年人更事多，誰知尋常一睡，亦煞須閱歷也。

## 補牙與護牙

鄭稚莘言：「齒與胃相表裏，齒之咀嚼力有若干度，胃之消化量亦有若干度；若齒之力強，而胃之量弱，未有不受病者。今之補牙，是助齒之力，而不能助胃之量，害事孰甚。況補牙種種不便，流弊尤不可勝言乎。」此說煞為近理。余六十歲時，與華再云太史（輝）談，渠年差長，見其鬚髮雪白，問其牙齒無恙否，乃曰：「十年前，謝味餘太史（佩賢）予我擦藥一方，保全至今，得以無恙。」味餘謂齒病，只有風、火、蟲三種，而風尤甚。醫家重治火、蟲，而略於風。此方用薄荷八錢治風，為獨得之秘。後味餘亦來，詳問其方何藥，則生熟石膏四兩，青鹽二兩，骨碎補六錢，薄荷八錢，四味而已。余擦之，至今二十年，前後僅落六齒，近復落一齒，餘皆無動搖者，未始非此藥之力也。凡落齒時，雖不甚痛苦，終覺累贅，有人屢勸補牙，余終深信稚莘之說為不可破也。

## 中西醫各有所長

黃陶庵《心醫》一卷，言：「人之有病，皆心為之；心以為無病，便無病矣。」此即所謂安心是藥方也，吾生平頗信其說。今者西醫盛行，中醫每與之相左：中醫病要忌風，而西醫偏要透空氣；中醫病每忌葷，而西醫則必要食雞露。其實同一病也，各治之，亦各癒；其有不治之症，各治之，亦各不癒，所謂藥醫不死病，死病不能醫也。其有奇離之病，起死回生，中西醫亦各有所能。惟解剖之術，西醫似有特長，不知當日華佗亦優為之，惟其操術奇妙，取快一時，於人之壽源有礙，故當時禁之，其法不傳耳。但中西醫無優劣之別，而中西人體氣實不同，中藥偏於氣化，而西藥則偏於礦質，且藥價亦有貴賤耳。

## 同光昇平二十年

陸賈《新語》曰：「君子之為治也，混然無事，寂然無聲，官府若無人，亭落若無吏，郵無夜行之卒，鄉無夜召之兵，犬不夜吠，雞不夜鳴，耆老甘味於堂，丁壯耕耘於野。如是，雖不言而信誠，不怒而威行，豈待堅甲利兵，深刑刻令，朝夕切切而後治哉！」所言昇平景象，直追沕穆之風矣。然同光之際，亦略得大意焉。余作〈憶昔〉詩有云：「盛極同光際，昇平二十年。投戈重講藝，耕硯漸成田。荊棘途無阻，豚魚稅盡蠲。當時人不省，憶昔淚潸然。」語係據事直書，自無所用其粉飾。外任後，時事雖稍艱，而守建昌五年，屬縣祇出一盜案。署南安時，雖遇拳亂影響，不三月即敉平。移攝撫虔兩三年，仍晏然無事。所謂荊棘途無阻，豚魚稅盡蠲者，思之猶神往也。我之想望太平，不過如此，蓋所求於造化者本甚廉，亦即孔子不怨天之意也。

## 克儉於家

大禹德冠百王，而克儉於家，不過菲飲食，惡衣服，卑宮室而已。此三事尋常日用所易行，吾生平兢兢加勉焉。今且以菲飲食言之，余八齡失怙，幼而食貧，三餐雖不至斷葷，而夏用冬瓜湯、冬用芥菜湯，日侑飯以為常。而平時所酷嗜者，隔宿芹菜、蒜一味，吾母每晨取前日殘羹煨之，以侑早餐，蓋芹菜與蒜，愈煨之而愈得味，吾至老食之尚未厭也。逾冠官京師，京曹清苦，家食不改儒素。旋膺外任，前後廿餘年，官廚雖不甚儉，而常食終不斷蔬。每到一處，必於官廨後鋤地自種，蓋蔬非種不適口也。退居海上十餘年，無園可鋤，市購價昂而味又劣，惟晚菘一種極佳，一年必食到二度，間或購芥於閩以充之。七十非肉不飽，吾蓋非蔬不飽也，非不食肉，腸胃與蔬筍之氣相宜，若食肥鮮侑飯，轉無飯香也。此非有意為之，亦習慣成自然耳。此一事也。

若衣服，亦非有意求惡也，弱冠當秀才時，夏衣長衫則用夏布，秋天則用漂白布，冬季衣絮而尚之以藍布衫。有一日赴考書院，前襟為肩輿所裂，歸仍取而紉之，未能即改造也。迨至釋褐登朝，非復布衣之舊矣，然仕不去貧，官服艱於求備，夏天祇用半折紗羅，終未御全透紗衣也；常服悉係自製。猶憶一履之費祇京蚨六千，折銅錢六百耳。暑雨驟寒，早值進內，以三金購羽毛褂以遮寒。于役兩陵，載道風霜，每假裘而行。出關時，製斜紋布缺襟袍以禦塵沙，此物尚在笥未朽也。及膺外任，狐裘羔裘，仍襲京曹所陸續舊置；黑貂之裘，為薛外舅所贈送，皆逾三十年之物，此尚足以傲晏子也。退居後，嫁一女、一女孫，半舉以充奩物。嚴冬禦寒之大裘，尚煞費集腋之勞，顛倒紫鳳天吳，而吾則服之無惡，絕不作金盡裘敝之歎。此又一事也。

吾家有老屋，本不卑也，道光廿九年吾祖所置，於今八十餘年矣。子姓漸繁，不能同居，吾即作宦，將來必須另自購屋。癸卯旋里，鄰右有屋三椽，價值一千五百千，乃以無貲不能成議，卒賃廡以居。意擬積有餘貲，於烏山之麓，購一有園之小屋，以庇風雨。旋集山貲四千以待用，乃以地價日高。嗣又以債務半遭虧損，則他日歸山，只有仍賃廡矣。既無宮室，何論高卑？此又一事也。

孔子曰：「奢則不孫，儉則固。」與其不孫也，寧固吾之儉。吾故不恥為頑固也，但吾年已八十，當五十歲以前，所交皆舊人，所用皆舊物，守儉尚易。近三十年來，海邦機器益發達，衣食住之舶來貨，一一盡美，且日本貨比國貨為廉，吾不免為習俗所移。然吾倢倢自守者，戒吸香煙，以其為鴉片變相也；忌用洋襪，以其穿著費事也。汽車盛行，下澤，車又不適用，吾必不得已出門，則借車乘之，借之不得，便不出也。其餘飲食起居，隨其所遇，惟適之安，仍以妄用一文錢為戒而已。余到上海時，人以余之儉為裝貧，然余不輕言貧，自耐貧耳。初因伃疾而遲留，繼因連年家書烽火而阻，其實皆以歸未有宅，遂致因循至今也。國奢示儉，當此歐風狂醉之秋，豈不徒費唇舌？然海邦經濟恐慌，外人迫於大勢，不得不力求節縮。吾國沾染奢俗三十年，不得謂由奢而儉之果不易也。今且將香煙、洋襪之類，凡家常之可有可無者，悉屏而去之，以求免飢餓不能出門戶之一日，當亦人所樂從也。若夫吃著華美，富貴人應享之福，各有因緣莫羨人，吾亦不必置喙矣。

總之，三十年為一世，三十年中，世變極矣，物窮則變，變則通。《周易》一書，秦火未經燒滅，當時殆有天意也。余作此說畢，客有難者曰：「君此作現身說法，竟以神禹自居，不已泰乎？」余曰：「不然。禹一生事業，從自身克勤克儉做起；余不獲有其事業，而但求克儉於家。人皆可以為堯舜，堯舜可為，禹豈不可為哉？」

血歷史137　PC0761

新銳文創
INDEPENDENT & UNIQUE

# 晚清官場見聞：
## 《春明夢錄》與《客座偶談》

| | |
|---|---|
| 原　　著 | 何剛德 |
| 主　　編 | 蔡登山 |
| 責任編輯 | 鄭夏華 |
| 圖文排版 | 周妤靜 |
| 封面設計 | 楊廣榕 |

| | |
|---|---|
| 出版策劃 | 新銳文創 |
| 發 行 人 | 宋政坤 |
| 法律顧問 | 毛國樑　律師 |
| 製作發行 | 秀威資訊科技股份有限公司<br>114 台北市內湖區瑞光路76巷65號1樓<br>電話：+886-2-2796-3638　傳真：+886-2-2796-1377<br>服務信箱：service@showwe.com.tw<br>http://www.showwe.com.tw |
| 郵政劃撥 | 19563868　戶名：秀威資訊科技股份有限公司 |
| 展售門市 | 國家書店【松江門市】<br>104 台北市中山區松江路209號1樓<br>電話：+886-2-2518-0207　傳真：+886-2-2518-0778 |
| 網路訂購 | 秀威網路書店：https://store.showwe.tw<br>國家網路書店：https://www.govbooks.com.tw |

| | |
|---|---|
| 出版日期 | 2018年8月　BOD一版 |
| 定　　價 | 300元 |



**Printed in Taiwan**

國家圖書館出版品預行編目

晚清官場見聞：《春明夢錄》與《客座偶談》 /
何剛德原著；蔡登山主編. -- 一版. -- 臺北
市：新銳文創, 2018.08
面； 公分. -- (血歷史；137)
BOD版
ISBN 978-957-8924-30-7(平裝)

857.27 107013417

# 讀者回函卡

感謝您購買本書，為提升服務品質，請填妥以下資料，將讀者回函卡直接寄回或傳真本公司，收到您的寶貴意見後，我們會收藏記錄及檢討，謝謝！如您需要了解本公司最新出版書目、購書優惠或企劃活動，歡迎您上網查詢或下載相關資料：http:// www.showwe.com.tw

您購買的書名：＿＿＿＿＿＿＿＿＿＿＿＿＿＿＿＿＿＿＿＿

出生日期：＿＿＿＿＿年＿＿＿＿＿月＿＿＿＿＿日

學歷：□高中（含）以下　□大專　□研究所（含）以上

職業：□製造業　□金融業　□資訊業　□軍警　□傳播業　□自由業
　　　□服務業　□公務員　□教職　□學生　□家管　□其它＿＿＿

購書地點：□網路書店　□實體書店　□書展　□郵購　□贈閱　□其他

您從何得知本書的消息？

□網路書店　□實體書店　□網路搜尋　□電子報　□書訊　□雜誌
□傳播媒體　□親友推薦　□網站推薦　□部落格　□其他＿＿＿＿＿

您對本書的評價：（請填代號　1.非常滿意　2.滿意　3.尚可　4.再改進）

封面設計＿＿　版面編排＿＿　內容＿＿　文／譯筆＿＿　價格＿＿

讀完書後您覺得：

□很有收穫　□有收穫　□收穫不多　□沒收穫

對我們的建議：＿＿＿＿＿＿＿＿＿＿＿＿＿＿＿＿＿＿＿＿

＿＿＿＿＿＿＿＿＿＿＿＿＿＿＿＿＿＿＿＿＿＿＿＿＿＿

＿＿＿＿＿＿＿＿＿＿＿＿＿＿＿＿＿＿＿＿＿＿＿＿＿＿

＿＿＿＿＿＿＿＿＿＿＿＿＿＿＿＿＿＿＿＿＿＿＿＿＿＿

請貼
郵票

11466
台北市內湖區瑞光路 76 巷 65 號 1 樓

**秀威資訊科技股份有限公司　　收**

BOD 數位出版事業部

（請沿線對折寄回，謝謝！）

姓　　名：＿＿＿＿＿＿＿＿　年齡：＿＿＿＿　性別：□女　□男

郵遞區號：□□□□□

地　　址：＿＿＿＿＿＿＿＿＿＿＿＿＿＿＿＿

聯絡電話：(日) ＿＿＿＿＿＿＿＿ (夜) ＿＿＿＿＿＿＿＿

E-mail：＿＿＿＿＿＿＿＿＿＿＿＿＿＿＿＿